Hugo Dittberner

Das See-Vokabularium

Roman

WALLSTEIN VERLAG

Bibliografische Information der Deutschen Nationalbibliothek

Die Deutsche Nationalbibliothek verzeichnet diese Publikation in der Deutschen Nationalbibliografie; detaillierte bibliografische Daten sind im Internet über http://dnb.d-nb.de abrufbar.

www.wallstein-verlag.de

Vom Verlag gesetzt aus der Stempel Garamond
Umschlaggestaltung: Susanne Gerhards, Düsseldorf,
unter Verwendung eines Fotos von Reinhard Kiehl, Essen
Druck: Friedrich Pustet, Regensburg

ISBN 978-3-8353-0631-8

Erstes Kapitel

Ein »He, du!« hörte ich im Radio rufen, aber Torges Läuten an der Haustür mußte ich überhört haben. Denn nun arbeitete er schon an der alten Drehklingel und ließ gleich mehrmals das lange Ratschen mit dem folgenden kurzen Klingeln ertönen.

Als ich öffnete, stand er, noch immer »jung und prompt«, wie wir gesagt hatten, vor der Tür, obwohl dreißig Jahre vergangen waren. Torge war der jüngere Bruder meines Studienfreundes Rainer Frederking. Eine Weile hatte er wie wir in Göttingen studiert und es damals nur schwer verwunden, daß er in unserer Freundschaft keine Rolle spielen sollte. Später hatte ich ihn noch ein, zwei Mal im Haus der Eltern an der See gesehen, als ich Rainer besuchte; und es schien nicht so, daß er Lust hätte, mit mir ins Gespräch zu kommen. So war ich gespannt, warum er mich, wie er telefonisch kurz angekündigt hatte, auf der Durchreise sprechen wollte.

Er kam gleich, als wartete der nächste Zug, zur Sache. »Mir war immer klar, daß Rainer ein besonderer Mensch war!« betonte er: »Als Bruder kann ich das wohl beurteilen!«

»Nun«, sagte ich, noch immer empfindlich bei seinen Übertreibungen, »ich will dir nicht widersprechen, Torge.«

Er erinnerte mich an den Tag, als Rainer nach Oldenburg gefahren war, um aus einer kanadischen Altkleidersammlung die Elchlederjacke zu fischen, die er dann ewig trug, und wie sehr das ein Signal war für alles, was kam.

Die Elchlederjacke war in der Tat Rainers besonderes Merkmal bei vielen unserer Unternehmungen gewesen. Rainers »Wahrzeichen« hatten wir sie genannt. Ich sah ihn vor mir, und ich sah ihn vor mir, wie er seinem Vater in dem Haus am Meer Rede und Antwort zu stehen hatte, ein erwachsener Sohn in den Zwanzigern! Wir waren am Meer gewesen und hatten über Rainers neues Lied gesprochen. Jünglinge, die am Meer wandern und Pfefferminz lutschen, Arme und Beine schlenkernd, hieß das beim zornigen Vater. Den hatte erbost, daß Rainer in dieser Elchjacke, in seinen Stiefeln und den lose darum schlenkernden gestreiften Hosen als ein Fremder in der Familie umherging, provokant wie ein Western- oder Freizeit-Held.

Wir hatten am Meeresufer zwei Mädchen gesehen, die dünn und biegsam zwischen den Buhnensteinen kletterten, mit all den unvergänglichen Insignien, dem langen blonden Haar, den engen Jeans; und wir hatten einige Sätze mit ihnen gewechselt. Das schien noch abzustrahlen, als wir in den Flur des Pfarrhauses traten und dem Vater begegneten, der von einem Trauergespräch kommen mochte oder von einer Kirchenvorstandssitzung, und uns nun anhielt.

Dieser angehaltene Rainer, der so fragwürdig andere, immer noch spielende Rainer in seiner Elchlederjacke stand mir vor Augen. Ich sah ihn, wie er bei seinen Besuchen gleich die Elchlederjacke ausgezogen hatte, um sie in den kleinen Kleiderschrank im Flur zu hängen, den mir einst, sagte der Lieferant: die Weltfirma Bono ins Haus gebracht hatte. Seine Kluft. Ihr merkwürdiges gelbgeschecktes Schimmern. Und ich fühlte die Steifheit des Leders an den Fingerspitzen wie damals, wenn ich sie zufällig berührte.

»Willst du wissen, wo die Elchlederjacke abgeblieben ist?« fragte ich, aufgelegt zu unserer alten Ironie. »Oder willst du Rainers Biographie schreiben? Das wird er selbst vielleicht auch hinkriegen.«

»Ich dachte«, sagte Torge, auf einmal zögernd, ratlos, jung, »du wüßtest es …«

»Was soll ich nicht alles wissen«, sagte ich. »Ich habe Rainer seit Jahren nicht gesehen. Aus den Augen verloren, sagt man – zumal wenn man von der berühmten Jugend spricht.«

»Rainer ist seit etlichen Jahren verschollen«, sagte Torge und spielte mit dem Rauchverzehrer in Gestalt eines Boxerhundes, den ich vor ein paar Jahren von meiner Mutter geerbt und seitdem auf dem Bücherregal neben der Tür abgestellt hatte.

»Wer von uns ist heute nicht irgendwann verschwunden?« fragte ich. »Und gerade Rainer war immer wieder verschwunden. Für Wochen und Monate. Vielleicht sollte man ihn aus den Augen verlieren! Wir können nicht alle Kontakte ein Leben lang immer halten. Und oft nicht die engen. Gerade die nicht! Ich habe Rainer lange nicht mehr gesehen, aber ...«

»Man wußte doch, daß Rainer mit 17 das erste Mal versucht hat, sich das Leben zu nehmen«, belehrte Torge mich. Und ich schwieg.

»Wir haben ihn jetzt für tot erklären lassen«, fuhr er dann in jenem bekräftigenden Vollton fort, den man Geistlichen gern zutraut. Und war Torge nicht Theologe geworden wie sein Vater?

»Wer ist dieses ominöse Wir?« fragte ich, langsam aufgebracht.

»Wir Hinterbliebenen. Meine Mutter, mein Bruder und ich«, gab er schlicht Auskunft.

Bei diesem Ton mußte ich mich setzen, so einverstanden klang er. So sehr nach Hinterbliebenen, Erbe, Sorge, christlicher Planwirtschaft.

»Und was sagt euer Bruder Matthias, der Psychologe, dazu?« fragte ich sarkastisch.

»Matthias wollte sich wie immer, wenn es um Rainer ging, raushalten. Aber er hat unserm Antrag zugestimmt – und ihn auch unterschrieben, wenn du es genau wissen willst.«

»Macht keinen Affen aus Rainer!« entfuhr es mir; und gleich mußte ich noch einmal auflachen, denn Torge war es ja in seiner Göttinger Einsamkeit gewesen, der sich einen kleinen Affen gekauft hatte. Aber auch der war eines Nachts aus seiner Gesellschaft geflohen und mußte von der Feuerwehr eingefangen werden.

Torge schien selbst daran zu denken; er lächelte gequält. »Es geht hier nicht um Affen«, sagte er.

Ich sah gleichwohl in diesem Moment das Äffchen durch die Scheibe springen und dann zitternd im Halbdunkel der benachbarten Kastanie sitzen, von Bluttröpfchen übersät wie von glitzernden Schweißperlen. Dabei war ich gar kein unmittelbarer Zeuge gewesen, nur später mit Rainer zur Hilfe gekommen.

»Hieß er nicht Timmi?« fragte ich.

»Wir wollen die Spuren, Fotos, Sachen, Platten, Bücher sammeln, die Rainer ja überall gern zurückließ.«

»Warum?«

»Es soll eine Erinnerungs-Kiste geben, ein Album, vielleicht einen Bericht«, fuhr Torge in seinem Ton fort.

»Die Nachlaßkiste des verlorenen Sohns ... Also doch eine Biographie? – Ich habe die Elchlederjacke nicht!«

Es geschieht heutzutage nicht oft, daß man die Toterklärung eines Freundes entgegen nehmen muß. Aber ich saß ja schon.

»Es ist doch niemand mehr gezwungen, jemanden für tot zu erklären, um eine Rente zu ergattern, oder? Eine lebensrettende Rente. Wie die Kriegerwitwen des letzten Krieges.«

Torge und sein Bruder wollten rechtzeitig möglichst viel über ihren Bruder, und für die Mutter noch über den Sohn, in Erfahrung bringen, seine Spuren sichern. Charakteristische Dinge suchten sie, auch wenn Rainer damals nicht auf sie geachtet hatte – und natürlich besonders solche, die er bei jeder Gelegenheit anderen vermacht hatte. Marotten. Aussprüche. Andere Seiten.

»The other side of Bob Dylan«, sagte ich automatisch, in Erinnerung an Rainers Liebe für ihn, und daran, daß er mir zu einem seiner Abschiede die berühmte Amsterdamer Raubpressung dagelassen hatte.

»Zur Erinnerung – und zur Initiation« hatte er auf seine ernsthafte Weise noch aus dem Auto, dem uralten orangefarbenen Käfer, gerufen. Und er sollte recht behalten.

»Tja«, sagte ich und machte eine Pause. Die protestantischen Bildungsbürger, mußte ich denken, holen ihren Außenseiter heim in die aufwendige Familiengeschichte, nachdem er vergeblich versucht hat, aus seiner Außenseiterrolle eine allseits anerkannte Hauptrolle zu machen. Und war mir nicht oft genug Rainers Zug, sich in Position zu bringen, aufgestoßen? Der Auftritt, der die Situation bestimmen wollte? Aber was für Situationen! seufzte es aus der alten Nebenrolle.

Der graue Morgen an der See im Gästezimmer des Pfarrhauses kam wieder. Es hätte eine Dusche im Familienbad gegeben. Im Zimmer gab es nur ein Waschbecken. Und obendrein ließ sich nach dem Waschen der Stöpsel des Waschbeckens nicht herausziehen. Die Kette war abgerissen und fehlte; und kein Prokeln, Zerren und Greifen in der trüben Lauge half. Nichts half. Ich würde ein Besucher mit einem Malheur sein; jemand von Rainers Seite in der Familie, mit dem es auch Probleme gab. Ich hörte noch den Ton, in dem der Vater von Meergänger gesprochen hatte, was wohl etwas noch Fragwürdigeres war, als übers Wasser zu gehen. Doch überall im Hause klopfte und pochte es in den Leitungen. Ich stellte mir vor, daß hier alles defekt war, weil sich niemand auf banale Reparaturen verstand. Hätte ich sonst in dem ohnehin spartanisch eingerichteten Gästezimmer nicht auch noch ein Waschbecken mit solch einem kleinen Stöpsel vorgefunden, der so klein war, daß er fast in den Abfluß rutschte, und dessen Kette abgerissen war? Erschöpft setzte ich mich aufs Bett. Dann nahm ich mein Taschenmesser und begann, plötzlich ruhig und gelassen geworden, mit energischen Bohrungen und Stemmübungen den Stöpsel hoch- und rauszudrücken, so daß das Wasser, gurgelnd und schmatzend und als sei es ein wenig verblüfft, abfließen konnte. Die Narben im alten harten Gummi würde man sehen können; aber die sollten von nun an zur Geschichte dieses kargen Gästezimmers gehören!

Am Frühstückstisch sahen mich Rainers jüngere Brüder, ja sogar der Pastor und seine Frau freundlich und erwartungsvoll an, während sie mich aufforderten, von den Gaben Gottes und von den verschiedenen selbstgemachten Marmeladen zu nehmen.

Natürlich wollte ich die drei LPs in dem schönen schlichten Karton mit dem roten Rand nicht hergeben.

»Ich erinnere mich«, sagte Torge aber, »daß ihr damals ein Projekt hattet. Und so bin ich hergekommen.«

»Ein Projekt?« fragte ich, »ein Projekt?«

Es klang, als hätten wir uns damals mit Aktenordnern umgeben. Anträge gestellt. Mit aller Welt telefoniert.

»Ihr habt immer etwas in Notizbücher eingetragen. Habt euch Stichwörter zugerufen. Ich habe den Klang noch im Ohr, aber ich weiß nicht, was es war«, sagte er, »– und du hast geschrieben!«

»Ich – geschrieben?«

Ich dehnte die Silben ein wenig, obwohl ich im selben Moment schon die Notizbücher, die schwarzen chinesischen Notizbücher mit den roten Rücken und den roten Kanten vor mir sah, die damals aufgetaucht waren und so viele zum Notieren lockten. Trotz ihres holzhaltigen Papiers beliebte Botschafter der Kulturrevolution.

»Du erinnerst dich«, stellte Torge fest.

»Ich stell erst mal das Radio ab«, sagte ich, stand auf und ging hinüber zu dem Gerät.

Ein paar Schritte machte ich unwillkürlich zu dem Messingregal aus der Studentenzeit, das schon seit Jahren aus meiner Bücherwelt ausgemustert werden sollte, das aber so leuchtend die Sonnenstrahlen auffing, daß ich doch nicht darauf verzichten mochte. Noch immer unterbrach dieses Messingregal jedes Mustern des Zimmers und forderte meine Zuneigung heraus, trotz seines Schwankens, trotz all des Staubs, der sich inzwischen auf ihm angesammelt hatte, trotz des Häßlichen und Veralteten seines ungefügen und zugleich unstabilen Baus!

Dort, hinter den hohen prachtvollen Bänden der »Klassiker des Altertums«, lagerten jene Notizbücher, von denen Torge sprach.

Torge war der Richtung meiner Bewegung gefolgt und sah nun wieder zu mir, als habe er ein Recht auf die Fortsetzung dieser Bewegung, die ein Geständnis war. So ging ich hin und zog, so beiläufig und verheißungslos es ging, den kleinen Stapel hervor.

Und Torge sprang herbei und versuchte, mit ein paar albernen Greifbewegungen die Notizbücher an sich zu bringen.

»Aber! –«, rief ich, »es ist doch nichts!« Ich wendete mich mit dem Packen ab und brachte das Kunststück fertig, das oberste Notizbuch aufzublättern, dabei von dem aufsteigenden Staub, der sich in dem seit Jahren in Frieden gelassenen Papier angesiedelt hatte, zu einem Husten gereizt.

»Da – siehst – du – es! Kolonnen – nichts als Kolonnen!« hustete es aus mir heraus. »Wortkolonnen!«

»Laß mal sehen!« forderte Torge.

Doch das wollte ich so schnell nicht. Es war nur billig, einen Vorteil zu genießen. Die eigenen alten Notizbücher in den Händen zu halten. Über die Vergangenheit zu verfügen, die interessiert. »Ich lese vor«, sagte ich, »an beliebiger Stelle.«

Ich hätte den Stapel aus den Händen legen müssen, um in einem der Notizbücher bequem lesen zu können. Aber das wollte ich angesichts der Gier dieses Besuchers nicht wagen. Und so blätterte ich eine Seite auf und las ein paar Wörter vor.

»Kimm«, »Seegaten« waren darunter, »Glimmerschluff«, aber auch gewohntere Wörter wie »Wellenkamm« und »Stromrinnen«. Insgesamt zwanzig oder dreißig, ich zählte nicht und leierte betont, um Torge abzubringen von seinem Vorhaben; um das Verschrobene, ja Alberne dieses Projekts, wie er es nannte, zu betonen.

Aber zu meiner Überraschung rief er: »Das ist es!« Ein Jubilieren der Knabenstimme war aus ihm zu hören. Das Heureka aller Jugend.

Zutiefst befremdliche und rührende Laute aus einem einsfünfundachtzig großen Erwachsenen.

»Das ist doch nur das See-Vokabularium«, sagte ich.

»See-Vokabularium! ... Wunderbar!« rief er wiederum, noch immer jung und bemüht, um meine Schultern zu greifen: »So gib doch schon her, Albert!« Und wiederholte, als ihm der Angriff mißlang, von meinen Schultern ablassend, nach einer Weile nachdenklich: »Das See-Vokabularium.«

»Ihr wart euch doch gar nicht so grün, dein Bruder und du«, erinnerte ich mich und ihn.

»Wer sagt das?« brauste er auf. »Wer das sagt, der lügt!«

»Ich spreche nur von Erinnerungen«, erwiderte ich schon halb murmelnd, denn ich hatte doch eine ganz interessante Stelle gefunden: »›Glühwürmchen der See‹, daran erinnere ich mich nicht. Weiß gar nicht, was das ist. Moment – hier habe ich an den Rand gekritzelt: ›winzige planktonische Einzeller‹ – sagt mir absolut nichts.«

»Nun gib schon her!« rief Torge, als gälte es, endlich mit der Herrschaft der Dilettanten Schluß zu machen.

»Das sind meine Notizbücher!« mußte ich ihn erinnern, viel energischer, als ich es wollte, und von einem sonderbaren Vorbehalt gegen jede Absicht Torges getrieben. »Nicht deine! – Und auch nicht Rainers!« betonte ich.

»Aber sie haben dich doch gar nicht interessiert, verdammt noch mal!« sagte Torge in einem Ton, in dem man als Gast nicht sprechen sollte. »Bis ich dich darauf aufmerksam gemacht habe, hattest du sie geradezu vergessen!« fügte er hinzu.

»Das nun nicht, geradezu.«

»Kannst du sie mir nicht leihen, du brauchst sie doch im Moment nicht?« fragte Torge.

Der Mann ging innerlich in die Knie, und ich wollte ihn heilen:

»Hier steht ein Zitat: ›Mondlicht betupft die See, scheint in Wasser zu versinken, sobald hochfliegende Sommerwolken auftauchen.‹«

»Steht ›Marlene‹ daneben?« fragte er lauernd.

»Von irgendwem, den Namen kann ich nicht mehr entziffern.«

Sonderbarerweise verband ich erst jetzt, nach einer Verzögerung, mit dem Namen Marlene ein Gesicht, mehr noch, denn Marlenes Körper, ihre Gestalt, war ihr Lockmittel gewesen, die Erscheinung im Raum.

»Mag sein, daß Marlene durch das Vokabularium geistert, aber hier steht nichts von ihr. – Gebt ihr Marlene die Schuld?« fragte ich.

»Ich muß die Bücher haben«, sagte Torge nur.

»Versteh ich nicht. Rainer ist verschwunden. Was hast du davon?« fragte ich, ein bißchen lauter.

»Ich muß es wissen!«

»Was – wissen? Es gibt nichts zu wissen. Darüber hätten wir gelacht! Eines Sonnabends kamen wir, wahrscheinlich war es ein heißer Tag und wir brauchten eine Abkühlung, auf die Idee, dieses See-Vokabularium einzurichten, das Wort, fällt mir ein, war übrigens zuerst da... Die See-Wörter und besonders die ein wenig rätselhaften, stimmungsvollen See-Wörter aufzuschreiben, so wie ›Priel‹, ›Seeluft‹, auch ›Kombüse‹. Wörter, die uns auffielen oder in Zeitungen und Büchern aus dem Rahmen fielen, nichts weiter. Nur als Zeitvertreib! Wir sind nicht in die Bibliothek gegangen. Und wir wären auch nicht ins Internet gegangen, wenn es sowas schon gegeben hätte. Lexika sind Bücher, gut, darin haben wir geblättert. Nichts Angestrengtes, verstehst du? Ein freundschaftlicher Zeitvertreib, nicht mehr. Meine verstaubte Jugend, wenn du willst«, sagte ich und blies scherzhaft eine kleine Staubwolke aus den Notizbüchern auf Torge zu.

Aber nichts. Es war nichts zu machen. Er sagte nur: »Eben.« »Vielleicht«, sagte ich, um ihn mit der abschreckenden Banalität vertraut zu machen, die mir zwar keineswegs selbstverständlich war, aber die er doch einsehen mußte: »Vielleicht als allerfernste Vorbereitung künftiger Reisen oder als Initiation erst des Wunsches zu reisen – oder, wahrscheinlicher, denn ich weiß es nicht mehr, anstatt solcher Reisen … Samstagnachmittage, die man vertut, verschleudert, verplempert. Andere hören die Bundesliga und reparieren dabei ihre Uhren.«

Torge lachte nun seinerseits auf. »Und um die Phantasiereisen, um die Nachmittage geht es mir eben. Die Rainer-Nachmittage, die Rainer-Reisen.«

»Der Wind blies, ein Luftballon trudelte an der Hecke entlang, ein Kind schrie, ich sah Rainer etwas an der Nasenspitze an – es war UNSER See-Vokabularium …«

»Ich werd es schon herausfinden«, behauptete er.

»Es war ein Gefäß für ein Spiel, UNSER Spiel! Was willst du damit? Ein etwas albernes, müßiges, verträumtes Spiel.«

Jetzt ereiferte ich mich doch vor dieser protestantischen Sturheit, die ich schon aus seinem Elternhaus gespürt hatte. »Man hat solche Phasen, du vielleicht auch. Fernsehen ohne Fernseher, Horchen am fernen Strand. Rainer wollte wohl mein Ohr auf der Erde sehen.«

Das war mir so rausgerutscht, aber, ich sah es an seinem Gesicht, das war Torge nur ein neuer Anlaß für sein »Eben.«

»Ich geb dir doch nicht einfach meine Notizbücher«, sagte ich daraufhin, bereit, genauso trotzig zu sein.

»Du sollst sie mir ja nur leihen!«

»Und dann?«

»Dann lese ich sie und schreibe mir Rainers Anteile ab.«

Das war so aberwitzig, daß ich mehrfach auflachte und zweimal dies »Rainers Anteile!« wiederholte. »Das hört sich nach Mehrheitsanteilen an ...«

Ich blätterte, noch immer den Stapel balancierend, in dem einen Notizbuch obenauf, in einer merkwürdigen, lange nicht mehr gespürten existentiellen Habachtstellung, als ginge es um meine Bastion: »Und was ist mit so schönen Wörtern wie ›Prickenreihe‹, ›Ankergrund‹ und ›Windseite‹? Meinst du, das sind Rainers Anteile?«

»Ich weiß nicht«, sagte Torge schlicht, »wie das mit der rechtlichen Situation ist, ob du mir so einfach Rainers See-Vokabularium vorenthalten kannst.«

Ich wollte einfach nur die Luft anhalten vor dieser ungeheuerlichen, aberwitzigen Unverfrorenheit. Aber wie ein kindischer Automat plärrte ich: »Es war UNSER See-Vokabularium!«

»Nee, nee, das weiß ich nun: es war Rainers Erfindung, an der du teilgehabt hast, teilhaben durftest ...«

»Gut, seine Idee«, gestand ich zu, obwohl ich mir auch da nicht sicher war, »Aber UNSER Projekt in MEINEN Notizbüchern, von MIR notiert, damit das mal klar ist. Und mit durchaus unbestimmten Anteilen«, sagte ich; aber doch rätselnd, denn ich konnte es nicht fassen, daß so etwas hier von ihm, einem erwachsenen Mann, wieder aufs Tapet gebracht werden sollte. Es sei denn, in diesem Vokabularium war etwas verborgen, von dem ich nichts oder nichts mehr wußte. Codewörter, Signale, Schauplätze, Formeln von Wirklichkeiten, die für andere eine Bedeutung hatten. Aber, fragte ich mich, war Rainer ein solcher Verberger gewesen?

Höchstens hatte er eine Schwäche für alleinstehende Häuser, für Haschgärten, Klippenküsten gehabt. Und eben für das deutsche Wattenmeer und überhaupt für Dünen, für das vorgelagerte Vaterland, wie er einmal scherzhaft gesagt hatte – und wie mir jetzt, mit diesen Notizbüchern in den Händen, einfiel.

»Ich meine es ernst«, sagte Torge, als gälte es, ein Bewerbungsgespräch zu Ende zu führen und auf den Punkt zu bringen: »Ich möchte dich bitten, mir für eine vertretbare Zeit, sagen wir: für ein paar Wochen, deine alten Notizbücher zu leihen, so daß ich mir aus eurem See-Vokabularium die Hinweise rausfiltern kann, die über meinen verstorbenen Bruder Rainer Aufschluß geben. Das ist ein Wunsch der Familie. Ich weiß, das hat ihn sehr beschäftigt, das war so etwas wie sein Traum, und also kann das ein wertvolles Zeugnis seines Lebens sein.«

»Rausfiltern?«

»Exzerpieren ... Nenn es wie du willst.«

»Kommt mir so vor wie Schnee auf dem Fuji.« sagte ich, in der Verlegenheit oder Not nun selber etwas schräg.

»Jedes Andenken ist wohl übertrieben ... Oder kann auf andere so wirken.«

»Hast recht«, gestand ich zu, »Aber«, ich blätterte ein wenig, »wenn es um ›Buschpricken‹ und ›Außensände‹ geht, kommt es mir schon ein bißchen seltsam vor... Also: Man muß vorsichtig sein. Am besten, du läßt mir deine Adresse und deine Telefonnummer hier. Aber erst einmal werde ich es sein, der sich in dem See-Vokabularium tummelt! Das heißt, wenn ich dazu komme ...«

»Du willst es also für dich reklamieren... Aber gut, schreib ruhig deine Geschichte mit ihm auf ...«

»Ich hasse Biographien ...«

»Laß das doch bitte«, sagte nun Torge wieder in jenem ernsten Bewerberton: »Mich interessiert, was aus meinem Bruder geworden ist – und warum ... Das ist doch natürlich. Und ist es denn so schlimm, wenn deine staubigen Notizbücher eine Weile nicht hier bei dir sind? Würdest du es überhaupt merken?«

Sonderbar, und erst in diesem Augenblick, als ich Torges Blick zu den Notizbüchern in meinen Händen und zu ihrem Platz auf dem uralt schwankenden Regal folgte, fiel es mir ein, daß sie mir schon einmal gefehlt hatten und daß ich das als einen Verlust empfunden hatte. Ein undefinierbarer zwar, aber ein Verlust.

»Ich rufe dich an«, sagte ich und schob ihn zur Tür. »Oder vielleicht kommst du ja später noch einmal vorbei.«

Zweites Kapitel

Eines Tages Anfang Juni 1997 war Britta mit ihrem »Guten Morgen, Albert de Boer« vorbeigekommen, weil sie, wie manchmal, ein paar Tage mit mir zusammensein wollte. Sie schlug einen Ausflug in ihrem Auto vor, irgendwohin, wo es keine Routine geben konnte; und während wir noch überlegten, wo das sein könnte, sagte ich plötzlich: »Holen wir doch mein Dünenbuch! Dann haben wir ein Ziel.« Ziele waren nicht das, was Britta unbedingt suchte; aber als ich ihr sagte, daß es bei dem Dünenbuch um ein Lieblingsbuch ging, das ich vor langer Zeit verliehen hatte, wurde sie ein bißchen neugierig.

»Und wo soll das wohl sein?« fragte sie im Ton der alten Bistro-Komplizenschaft, als es über nichts eine Gewißheit geben konnte außer über die Bistro-Tage selbst.

»Wir fangen in Nordenham an, bei Rainers Erbtante. Nach dem Studium, als er nach Holland ging, und das sollte ja erst der Anfang seiner großen Tour werden, hat er sich da einen kleinen Stützpunkt eingerichtet.«

»Nette Idee: ein Stützpunkt bei der Erbtante! Hört sich nach gußeisernen Zeiten an«, sagte Britta und stimmte, obwohl sie nicht viel von gußeisernen Zeiten hielt, dem Unternehmen zu; wenn ich die Benzinkosten für diese Art unverhofften Ausflug übernehmen und am besten gleich selbst fahren würde.

Also packte ich meine Tasche; und als ich mich nach einer Reiselektüre umsah, kam mir das See-Vokabularium in den Sinn. Es schien mir keine schlechte Idee, um damit Rainer, falls wir ihn denn treffen sollten, für die Rückgabe des Dünenbuchs gewogen zu stimmen. Eine spontane Idee, kein Plan. Es konnte sich etwas ergeben, wenn ich die Notizbücher mit dem See-Vokabularium bei mir haben würde; und wer weiß: vielleicht war ein Blättern und Schmökern darin nach so langer Zeit ja auch reizvoll, dachte ich, gab aber Britta, auf ihre flüchtige Frage nach »den Dingern«, keine Antwort.

Wir fuhren los und steuerten als erstes eine Aral-Tankstelle an, denn Britta steuerte immer Aral-Tankstellen an. Warum? »Ja, warum? – Wegen des anderen Blaus im Himmel, des künstlichen ...«, hatte sie bald nach unserem Kennenlernen geantwortet.

Einige aus der Bistro-Mannschaft hatten mir beim Einzug in die neue Wohnung helfen wollen; Britta war es, die kam. Offenbar hatte es ihr der stumme Diener neben der Matratze angetan, auf der ich damals noch schlafen konnte. Sie steuerte ihn immer wieder an, bewegte und fixierte, lobte und bewunderte ihn; und irgendwann spätabends hingen ihre Kleider daran; und wir lagen zusammen auf der Matratze. Aber für sie blieb es mein stummer Diener.

»Ich kann ja ein bißchen vorlesen«, sagte sie, als ich mein Tempo gefunden hatte, »Was hast du außer den Dingern dabei?« fragte sie und nickte seitwärts nach hinten, wo meine Reisetasche auf dem Rücksitz stand.

»Zum Beispiel Cooper, »Die Prärie«, wenn du weißt, was ich meine ...«

Wortlos griff sie nach hinten und wuchtete die Tasche nach vorne. Das Sonnenlicht fiel auf ihren Schoß, während sie in der Welt des altgewordenen Wildtöters blätterte und schon bald mein Lesezeichen an der Stelle gefunden hatte, wo der alte Lederstrumpf abends ein Mädchen abseits des Siedlertrecks getroffen hatte und mit ihr auf seine bedächtige Weise sprach.

Der Trapper, so nennt Cooper seinen bescheidenen alten Helden, der einem ausgewanderten Pfälzer aus Edenkoben namens Hartmann nachgebildet war. An diesen Helden des Unabhängigkeitskrieges erinnert eine Skulptur in Edenkoben.

Sie wartete wie bei einem kleinen Regen und fragte dann: »Kann ich nun weiterlesen, wo du stehengeblieben bist? ... Wohl nicht ganz zufällig!«

Ich machte eine knappe Bewegung hin zu ihr; und so begann sie die Fortsetzung zu lesen: »›Wußtet Ihr nicht, als Ihr über den großen Fluß setztet, daß Ihr einen Freund hinter Euch ließet, der immer verpflichtet ist, auf die Jungen und Schwachen, wie Ihr seid, zu blicken.‹

›Wen meint Ihr?‹

›Das Gesetz. – Schlimm, daß man es haben muß, aber zuweilen denke ich: es ist noch schlimmer, wo es gar nicht gefunden wird.

Jaja, das Gesetz ist nötig, wo es solche zu schützen gilt, denen die Gabe der Kraft und Weisheit abgeht, und Alter und Gebrechlichkeit lassen mich gleichfalls bisweilen diese Schwäche fühlen. Ich hoffe, junges Mädchen, wenn Ihr keinen Vater habt, habt Ihr doch wenigstens einen Bruder.‹«

»Sehr schön«, sagte Britta und sah mich, sei es spöttisch, sei es prüfend an. »Damit kann man gut jede Reise in ein Abenteuer starten, oder?«

Ich nickte und konnte, aus irgendeinem sentimentalen Grund, eine Träne nicht vermeiden, so daß ich mich eine ganze Weile, und es wurde eine lange Weile, aufs Fahren konzentrierte, während Britta wie nach einer Verabredung stumm in dem Cooper weiterlas. Das heißt: las, blätterte, vorsprang und auch zurück, wieder eine Partie las; wie es ihre Art war. Tätig und schweigend.

»Fast wäre es zu singenden Reifen gekommen!« sagte ich, als ich im letzten Moment das Steuer nach rechts reißen konnte, um die Abfahrt zur Bremer Autobahn nicht zu verpassen. So sehr war ich wohl trotz aller Konzentration bei Britta und ihrer stummen Cooper-Lektüre gewesen.

»Du kennst die Strecke nicht richtig. – Soll ich fahren?«

»Im Gegenteil, ich freue mich fast schon darauf, jedesmal wieder auf das Unscheinbare und dann Radikale dieser Abzweigung hereinzufallen! Im Ernst«, sagte ich, da ich doch eine Verkrampfung spürte, »es wär vielleicht ganz gut, wenn du mal übernehmen könntest. Laß uns in Dörverden wechseln. Dann können wir auch einen Happen essen.«

»Happen ... Du hattest es bestimmt gern, wenn in den Schulpausen das Butterbrotpapier knisterte? Oder durftest du immer nur gebrauchtes, knittermüdes Papier mitnehmen, nach dem das Brot leicht angemuffelt schmeckte? Wie Hasenbrot ...«

»Was du alles weißt«, sagte ich nur und wandte mich der leeren Bremer Autobahn zu.

»Ist das nun eine Erinnerung?« fragte ich nach einer Weile aber doch.

»Ein Schnipsel für dich. Kein Schnitzel!« scherzte sie.

Es hatte angefangen zu regnen, und Britta rückte mit dem Gesicht näher an die Windschutzscheibe. Ihr Profil und ihre Nackenlinie brachten mir ein Bild älter gewordener Tänzerinnen zurück, das ich vor Jahren im Seitenfenster einer Haager Buchhandlung entdeckt hatte.

Sie standen hochaufgerichtet in ihren Ballettschuhen auf nassem gleißendem Asphalt, offenbar vor dem Theater nach der Vorstellung. Man sah die Lichter nur wie in einem Dunstschleier als Strahlenkranz, und auch die Menschen ringsum waren ins undeutlich Schemenhafte entrückt. Als gäbe es in dieser Welt nur noch diese gealterten Tänzerinnen. Die Gesichter ihrer weiß bedreßten Körper wirkten vorgeholt, scharfgestellt. Genau sah man die fragwürdige Unterpolsterung der Haut durch das alte Gewebe;

und ihre Anmut erhielt dadurch etwas Rührendes. Eine Geschichte vor dem letzten Satz. Noch schien man, schien ich zu Gast, gleich aber würde sich entscheiden, ob ich dazugehören würde …

Das war natürlich Unsinn, nicht mehr als eine Sekundenanwandlung in dem oder vielleicht durch den stärker werdenden Regen.

»Ist das eine neue Epoche?« fragte ich. »Licht aus, Licht an, was ist das für ein Juni?«

»Ich ahne es«, sagte sie nur. Sie wollte zu meinem Reden nichts beitragen.

In der Tat fiel der Regen nun wie ein Vorhang, wie einer dieser schweren alten Kinovorhänge, hinter denen die Welt verschwand – oder auftauchte.

»Wir können es lassen«, schlug ich vor. »Wir fahren hier an den Rand und trinken aus unserer Thermosflasche. Oder wir machen in dem kleinen Motel Rast, das schon viele Paare mit seinen Doppelbetten und Fernsehprogrammen glücklich gemacht hat, während draußen der Wahnsinn weiterging. Die Natur hilft sich schon.

Die braucht uns nicht unbedingt dabei.

Du weißt: Was man immer seufzt und schluchzt, wenn der Yellowstone-Park wieder einmal niederbrennt! Unwiederbringlich! Unser Unwiederbringlich! Und dann: Schöner und vielfältiger, jünger und kräftiger, prächtiger und wilder als zuvor sprießt das Yellowstone-Leben hervor, und nun weiß man, daß gerade durch die Verhinderung der gewöhnlichen Brände, der sogenannten Naturkatastrophen, die

Natur dort niedergehalten und erstickt, ältlich und unansehnlich gemacht würde. Stirb und werde!«

»Feuer ist nicht das Problem«, knurrte Britta.

»Feuer oder Wasser –« setzte ich an, als eine Woge auf uns herabschlug.

Ich bremste sofort, strebte nach rechts und hielt.

»So ne kleine Reise – und so eine Katastrophe: das steht doch in keinem Verhältnis! Die Gottheiten wollen nicht, daß wir reisen. Wir müssen auf jeden Fall runter! Es ist lebensgefährlich. – Sagtest du etwas?«

»Laß mich fahren! Ich kenn nicht nur das Auto besser …«

»Sondern?«

»Ich hab in meinem Kopf einen kleinen Mann. Und wenn ich aufgebe, sagt der was.«

»Kann man den hören?« fragte ich, »Und klettert der mit dir hier über mich auf den Fahrersitz? Denn raus können wir jetzt nicht.«

»In der Tat«, sagte Britta, beugte sich zu mir und küßte, indem sie schon anfing, über mich weg zu klettern und mich zu verdrängen, flüchtig meine Nase.

Dann zog sie den Wagen in einem schönen Bogen aus der überfluteten Bucht und nahm wieder Fahrt auf.

Nicht weit vom Bremer Kreuz fuhren wir von einem Augenblick zum andern in die Gewitterzone. Aus ungeheurem Gewölk, das sich rings um uns ballte und aus jeder Richtung gerade auf uns zuzuwallen schien, zuckten Blitze, schüttete es Regenströme, so daß die Fahrbahn nun endgültig ein reißender Fluß wurde.

In diesem Unwetter fuhren wir in die falsche Richtung; sofern man angesichts unserer nach rechts gleitenden Spülbewegung überhaupt noch von Handlung und Richtung sprechen konnte und nicht von der Teilnahme an einem nur durch die Vorgaben der Natur und der Verkehrspolitik gelenktem Schwall.

Wir erkannten im Blitzlicht nur eben die Wegmarken des Ereignisses: Industriehafen, Ritterhude Süd und, als wir danach suchten, wie und wo wir uns in diesem regionalen Aquaplaning hinwenden konnten, bald dann: Worpswede.

»Worpswede! Mein Gott, Worpswede!« rief Britta in einer undefinierbaren Erregung, ohne aber Anstalten zu machen, mit ihrem Amphibienfahrzeug ein Ufer anzusteuern. Es hätte auch keinen Sinn gehabt. Wirbel und Tosen, Strudel und Schwälle gab es überall.

»Mus sollen wir werden!« schrie ich. Aber Britta verstand schon nicht mehr; und konnte unter den Donner-Kaskaden nichts verstehen. Es gab nur: Kurs halten in der Ergebung, sich vom Gewitter hintragen lassen, wohin es wollte, wenn es denn überhaupt wollte.

Plötzlich, was heißt: plötzlich! – nach einer langen Zeit geballter Aufmerksamkeit, entdeckte ich im Blitzen die Worpsweder Mühle. Ich kannte sie nicht nur von Abbildungen, sondern, und das kam mir wie ein göttlicher Wink vor, der mich auf die höchste Kunst der Verknüpfung hinwies, aus eigener wiederholter Anschauung.

Ich hatte mich ein paar Jahre nach dem Ende unseres Studiums mit Rainer für zwei Tage in Worpswede getroffen. Wir hatten im Haus im Schluh übernachtet und unsere Gänge und Gespräche für eine Weile wieder aufgenommen. Rainer hatte einige Frost-Gedichte vertont, so daß es nun bald fünfzig waren und er Aufnahmen in einem Bremer Studio plante.

In ausgedehnten Bögen schweiften wir durchs ausgedehnte Worpswede und in die Umgebung und immer wieder an der Mühle vorbei. Am ersten Abend gleich landeten wir in einer Kneipe, in der zwei Mädchen, die eben, und das hatte uns aufmerksam gemacht, einen Schnaps an der Theke tranken, als gehörte das zu ihrem Leben, hinüber zu der Music-Box gingen und etliche Nummern drückten, sich mit ihren schlanken Körpern über das erleuchtete Gehäuse beugten und sich nach jeder Nummer aufrichteten, um ihre langen blonden Haare zu werfen und mit Frisiergebärden ihrer schmalen Finger zu bändigen. Und schon bald tanzten sie zu alten Rock-Titeln, nach denen auch wir hätten tanzen mögen, jede für sich im Schein der Music-Box und auch ein wenig zwischen den Tischen, gar nicht so weit von uns entfernt.

Doch ehe Rainer dem Sog der Situation folgen konnte, verschwanden sie in die Nacht. Und so tranken auch wir zum Abschluß noch zwei Underberg an der Theke und gingen zu unserem Haus im Schluh.

Britta, die beim Auftauchen der Mühle eine Bewegung des Erkennens bei mir mitbekommen haben mochte, riß das Steuer bei der Abzweigung mit aller Macht herum, so daß wir auf eine Art Sand-, vielmehr Schlammweg gerieten.

In dem unter den Bäumen nicht ganz so heftig andauernden Gewittertumult war eine Einbuchtung auszumachen, die Britta nun ansteuerte. Und so erreichten wir unverhofft einen rettenden Hafen.

Gerade, als Britta den Motor abgestellt hatte und wir uns überschwenglich gegenseitig das erlösende Licht im Haus vor uns zeigten, gab es einen gewaltigen Knall, die Erde mit all den Wassern darauf begann zu wackeln – und das Licht erlosch. Wir waren mit unserem Scheinwerferlicht allein.

»Was nun?« schrie ich; als wir auch schon aus der Haustür eine in ihren Bademantel gehüllte Frau stürzen sahen, die im gespenstischen Lichtwechsel der Blitzgewitter und unseres beständigen schwachen Scheinwerferkegels am Haus hoch, um die Ecke und hierhin und dahin ruckte und spähte, offensichtlich in panische Angst versetzt, ob es nach diesem Schlag, der das Licht löschte, irgendwo brannte!

Und da das Licht in den Häusern ringsum, wie wir feststellten, noch zu sehen war, mußte es tatsächlich direkt hier eingeschlagen haben!

Es war bei allem Schrecken, der sich auch auf uns, jedenfalls auf mich übertrug, merkwürdig, eine Frau zu beobachten, die sich im Riesenflackern all der Blitze nach den Folgen eines einzigen Blitzschlags umsah. Und da das Auto frontal zu dem Haus und zu ihr stand, schaltete ich, an Britta vorbei, aus einem Reflex, wieder das Fernlicht ein.

Das half nicht viel, machte aber die Frau auf uns aufmerksam, so daß sie herbeigelaufen kam.

Und aus einem weiteren Reflex des Normallebens kurbelte ich die Scheibe herunter – zu Brittas Empörung, denn im Nu, während die Frau sich noch orientieren und uns und die heruntergekurbelte Scheibe auf sich beziehen mußte, waren wir von dem wütend heranpeitschenden Regen durchnäßt.

»Haben Sie was gesehn?« schrie die Frau, eine noch junge Frau, und konnte offensichtlich in diesem Augenblick nur diesen einen Gedanken fassen.

Als beschwichtigende Antwort stieg ich aus; gegen alle Vernunft, da wir im geschlossenen Auto gegen die Blitzgewalt geschützt waren.

Auch wollten wir ja bei nächster Gelegenheit, obwohl es doch schon später geworden war, weiter und Richtung Küste fahren.

Ich wendete mich noch einmal rasch und mit einem »Entschuldige!« an Britta zurück, um die Scheibe wieder hochzukurbeln und folgte dann der Frau, die sich ganz selbstverständlich, als sei ich ein Handwerker, der nun endlich gekommen war, wieder dem Haus zugewandt hatte, zur Tür und ohne jede Rücksicht auf Konventionen hinein in den Flur.

Und nachdem sie die Haustür hinter uns geschlossen

hatte, sagte ich, einen Moment lang Britta vor Augen, wie sie nun allein draußen im Auto saß: »Offenbar brennt es nicht.«

»Dann lassen wir die Feuerwehr in Ruhe! Die hat genug zu tun heute«, nahm die Frau mechanisch meine Rede auf.

Durch eine offene Tür wurde der Flur von großen Scheiben her mit Blitzen immer wieder erhellt, so daß ich ihr nasses Gesicht sehen konnte.

»Tut mir leid«, rief sie im Getöse des ungerührt fortmachenden Gewitters: »Ich weiß nicht, welche Sicherung zu welchem Studio gehört. Und ich hab keine Taschenlampe! Und auch keine Kerze! Ich weiß nicht, welche Sicherung zu diesem Studio gehört.«

»Studio?« fragte ich und sah mich um, während ich Streichhölzer aus meiner Jackettasche kramte.

»Sie sind in einem Künstlerstudio gelandet: Vor den Pferdeweiden. Und hier im Flur des ersten Studios sind in dem großen Kasten da neben der Tür die Sicherungen für alle fünf Studios der Stipendiaten in dieser Häuserzeile.«

Im Aufflackern der Streichholzflamme konnten wir die dünne, ausgebleichte Schrift unter den Sicherungen nicht entziffern. Alles schien hier ein wenig älter und auch abgenutzter und unreparierter zu sein, wie ein Angebot an das Gewitter.

Ich konnte die Angst der Stipendiatin gut verstehen. Zumal mit einem Blitzableiter an diesen Flachbauten nicht zu rechnen war.

»Und woher«, fragte die Frau, als fiele ihr das plötzlich ein, mit erhobener Stimme, »kommen SIE jetzt?«

Mit einer verzweifelten Rundumbewegung umfaßte sie dabei die Gewitterwelt der Nacht.

Noch etliche Streichhölzer wurden entzündet und an die Sicherungen gehalten, auch die eine oder andere Sicherung noch einmal bekräftigend hineingedrückt. Aber es schien alles in Ordnung zu sein.

Nur brannte gerade in diesem Studio das Licht nicht mehr. Der Kühlschrank hatte keinen Strom; ebensowenig wie der Computer und das Fernsehen und auch das Radio. Das Haus würde dunkel und still bleiben, abgeschieden von dem Lärm draußen.

»Wir können uns offenbar nicht helfen«, stellte die Stipendiatin fest, deren Namen, es war die weibliche Form eines klassischen Männernamens, ich sofort wieder vergessen hatte.

Verblüfft entdeckte ich bei einem Blick auf meine Armbanduhr, daß es ein Uhr war!

So lange also waren wir im Unwetter unterwegs gewesen. So viel langsamer als sonst waren wir vorangekommen, daß es jetzt mitten in der Nacht war. Und das Gewitter, das die Einheimischen am folgenden Tag ein Jahrhundertgewitter nennen würden, hatte uns herrisch begleitet und tobte hier noch immer unvermindert und unverrückt weiter.

So kam mir das Angebot der Stipendiatin gelegen, bei ihr die nasse Kleidung zu trocknen und auf der Studio-Couch zu nächtigen, die, überworfen mit einer bei jedem Blitz bunt leuchtenden Decke indianischer oder mexikanischer Herkunft an der Wand stand!

»Zu nächtigen«, so sagte sie, sonderbar erlesen: »wenigstens zu ruhen!«, während sie, was sie ohnehin schließlich trotz des Gewitters vorgehabt und vor dem ungeheuerlichen Blitzschlag begonnen hatte, ins Bett gehen wolle.

Es gab diese Decke auf der Couch, die warm genug war im Sommer; eine Decke allerdings, die sie genauso wenig kannte wie wir; denn sie hatte erst gestern ihr Stipendium angetreten und war fast so neu hier wie wir!

Alles schien noch unfertig in ihrem neuen Domizil, nichts wirklich in Beschlag genommen, alles aus den Hinterlassenschaften ihrer Vorgänger improvisiert, nur erst eine Zuflucht; doch, noch, wenigstens trocken.

Ich holte Britta; und rasch trugen wir das Gepäck durch den Sturzregen, so daß wir völlig durchnäßt vor der Stipendiatin standen.

Vielleicht bereute sie ihre Einladung in diesem Augenblick schon. Knapp grüßte sie Britta, gab uns zwei Handtücher und zeigte das enge und muffig riechende Duschbad mit Toilette. Dann ließ sie uns, gleichsam mit einem Blitz, allein und verschwand durch eine Tür, hinter der sich das Schlafzimmer befinden mußte.

»Mit großem Gottvertrauen – das muß man anerkennen!« sagte ich wohl in einem Ton, den Britta haßte und als arrogant beschimpfte, wann immer sich eine Gelegenheit ergab. Sie stieß dann und auch jetzt die Luft pfeifend aus. Ein Geräusch, das mich an Usancen der Kindheit erinnerte und hier nun heimatlich menschlich anmutete.

Wir waren allein. In den rundum vorhangslosen Fenstern und Oberlichtern tauchten die Blitze auf, denen der Donner so unmittelbar folgte, daß ich nicht zu zählen brauchte. Preisgegeben waren wir in diesem Studio, ausgesetzt dem Inferno der Elementargewalten in Bühnennähe, und wären nun lieber in Brittas kleinem sicheren, jedenfalls sichereren Auto geblieben, und sei es in triefnassen Kleidern.

Gleichwohl blieben wir und rüsteten uns aus den Taschen mit Pyjamas für den Rest der Nacht aus; beruhigt durch die Gebärden der Gewohnheit.

»Selbst jetzt, selbst hier –« murmelte Britta, als sie sah, daß ich nicht von meiner gewohnten Stapelmanie zur Nacht abwich und diesmal den kleinen Packen der Notizbücher auf einem wackeligen Beistelltisch der Couch deponierte, wo bisher nur ein Messingsamowar gethront hatte, alt und hoheitsvoll, wie schon seit einem Jahrhundert nicht mehr im Gebrauch, aber immer noch Schönheit gebietend.

»Vergiß deine Taschenlampe nicht!« spottete Britta.

»Bald kommt schon der Morgen. Dann wird es wieder hell. Hell genug für unsereinen, oder?« versuchte ich zu kontern.

»O ja, freilich«, sagte Britta und kniff mich tatsächlich in die Wange. »An deine Stapel werd ich mich wohl ein Leben lang erinnern.«

Als altgedientes Gelegenheits-Paar konnten wir es nicht vermeiden, auch um den fremden staubigen Geruch zurückzudrängen, miteinander zu schlafen. Merkwürdig herausgefordert und gestärkt von den Illuminationen und Erschütterungen des Gewitters.

In der Nacht waren wir plötzlich wieder wach, hochgeschreckt von einem Angstschrei in dem immer noch weitermachenden Gewitter.

Die Stipendiatin stand in der Tür, hustend und zitternd, in einem Schlafanzug, dessen Türkis im Blitzlicht, ganz unpassend – oder vielmehr passend, kostbar schimmerte.

»Es riecht so verbrannt!« rief sie und deutete zum nun von uns aus sichtbaren offenen Schlafzimmerfenster. »Ich hielt es nicht aus.«

Und tatsächlich drang ein penetranter Brandgeruch nun auch bis zu uns.

»In der Nähe hat es offensichtlich eingeschlagen! Vorhin! Zweimal dieselbe Stelle – das ist unwahrscheinlich«, tröstete die mißachtete Britta generös.

Trotzdem sprangen wir auf und liefen mit der Stipendiatin hinaus in den Regen, um nachzusehen, ob wir einen Brand zu dem Gestank finden konnten. Ob es ihn irgendwo im Bereich der Studios gab!

Wir fanden aber nichts. Keine Feuerstelle. Keine Glut. Nicht einmal Rauch oder Qualm. Nur den penetranten und penetranter werdenden Gestank. Und wurden abermals naß.

So gingen wir nach zehn Minuten alle zurück ins

Bett, versorgt mit neuen, aber beruhigenderen Elementarbildern des langsam abziehenden Gewitters, das sein Schlachtfeld für ein maßvolleres Leben wieder frei gab, so schien es; denn sehen konnten wir jetzt nicht mehr viel.

Bis zum Morgen, versicherten wir uns, bis es wieder hell sein würde, konnten wir nichts ausrichten. Also konnten wir uns auch dem Schlaf überlassen.

Tiefer als erwartet schliefen wir, schliefen über das Hellwerden hinaus und in einen leuchtenden Morgen hinein, in dem wir mit der Stipendiatin ein schlichtes Brotfrühstück teilten und uns dann bald verabschiedeten, um unsere Reise fortzusetzen – da hörten wir, schon im Flur, aus den Nachrichten des kleinen tragbaren Radios in der Küche, daß in dieser Nacht das alte reetgedeckte Worpsweder Rathaus von einem Blitz entzündet worden war und fünf Stunden lang gebrannt hatte, bevor der Brand von über hundert Feuerwehren der engeren und weiteren Umgebung gelöscht werden konnte.

Und über diese Sensation wohl vergaß ich, als wir nun aufgeregt unsere Siebensachen zusammenrafften, meinen Stapel neben dem Samowar.

Eine sonderbar brandig-windige, aber in leuchtenden Lichtschneisen über die mißhandelte Landschaft sich fortsetzende Atmosphäre voller Stimmen nahm uns gefangen. Als müßten die Menschen sich mit Weckrufen wieder in Schwung bringen, während die triefende Nässe noch unter der strapazierten Vegetation werkelte. Oder tatsächlich, scherzte Britta, den

Versuch unternahm, den hoffnungslos abgesackten Grundwasserspiegel zu heben.

»Wind ist fast immer hier«, sagte der Mann in dem Tabakladen, bei dem ich die Wochenend-Zeitungen kaufte.

Dann schlenderten wir die »Bauernreihe«, die für Autos gesperrt war, entlang, an der immer noch qualmenden und von einzelnen Löschmännern bearbeiteten Brandstätte des Rathauses vorbei. Einige angekohlte und nasse Stühle standen als besondere Objekte der Schaulust dort, wo sonst Nobelkarossen zu den stilvollen Trauungen vorfuhren, die jetzt an Deutschlands besonderen Orten und also auch in Worpswede für gutes Geld inszeniert wurden.

Wir erinnerten uns daran, daß in dem Schuppen neben dem Studio, wie uns die Stipendiatin während unserer nächtlichen Recherche gesagt hatte, Geschirr, Kaffeemaschinen, Tabletts, Gläser für eine Abschiedsfeier auf der Wiese vor den Studios heute zu Ehren des Erfinders des deutschen Stipendiatenwesens, den Mentor und Helden der Atelierzeile in Worpswede, Martin Kausche, deponiert waren – und spekulierten nun, daß dies vielleicht die Teile des Rathauses waren, die den Brand unversehrt überstanden hatten. Neben uns!

»Wir waren gar nicht gemeint – im Gegenteil«, bemerkte ich, und mußte mir einen Verweis wegen meines pädagogischen Tons anhören, den Britta partout nicht hören wollte.

Jetzt in der Sonne, unter den schweigenden oder nur eben respektvoll flüsternden Schaulustigen, konnten wir das schon wieder drollig finden: die Sensation, die nicht wirklich uns betraf, aber uns doch gestreift hatte.

Wie die Aufräumkommandos sich in Gestalt von Fachleuten als ein Netz über die Brandstelle warfen, um die schleunige Beseitigung des vier Millionen teuren Brand- und Ruinenbilds, das eingestürzte Dach, die ragenden schwarzen Balken, das ausgeweidete Oberstockwerk, all das Geborstene und Verrußte, an dem, und sei es als übermächtiger Gestank, noch Reste des Reetdachs klebten, sofort in Angriff zu nehmen!

So grün und wenig versehrt dagegen standen die »Bauernreihe« hoch die alten Bäume, schon wieder mit Sonnenlicht gefüllt und so viel mächtiger und selbstverständlicher als die Besucher in T-Shirts, dies bunte Schnaufpack, das hinter Fotoapparaten um seine Existenzberechtigung kämpfte, so malerisch strahlten zwischen dem Grün Fachwerk und Reetdächer der erneuerten alten Häuser, die vor dem Übergriff der Flammen gerettet worden waren, hervor und herüber zu uns, daß mich eine Sehnsucht nach diesem Ort, an dem ich doch mit Britta gerade war, überkam und die vergangene Gewitternacht schon ganz ferngerückt und abgeschlossen erschien.

Wichtiger als all das aber, was in die überlebende Welt hineinragte und vor allem noch in ihr roch, ja stank, empfand ich nun die zwei, drei überregionalen Wochenend-Zeitungen, die ich gekauft hatte, um mich einzuklinken in das, was auf höchstem Niveau aus Kultur- und Sportwelt berichtet wurde.

Aber war, fiel mir plötzlich ein, das Projekt des »See-Vokabulariums«, die lange Laune meiner und Rainers Jugend nicht eine noch größere, ja gültigere Übertrumpfungsgebärde als diese nur heute noch aktuellen Zeitungen?

Und doch: nicht jetzt, als ich beim Hinabschreiten durch die Sonnenflecken der Bauernreihe ein Auffrischen und Nachbuchstabieren des See-Vokabulars attraktiv fand, sondern lange nachdem wir in den Walter Bertelsmann-Weg zu Brittas dort abgestelltem, letztlich aus dieser Guß- und Gewitternacht gewaschen hervorgegangenem Auto spazierten, nachdem uns in jenem merkwürdigen Hochgefühl – die dicken, aber um ihre Stellenanzeigen erleichterten Zeitungen unter dem Arm – ein Weißhaariger mit seiner Gefährtin begegnet war, der laut genug auch für uns seine Sinnrede hielt über die zahlreichen Vorzeichen der Katastrophe in der »Bauernreihe«, über das tote Eichhörnchen und über die überfahrene Drossel, von denen, sobald man näherkam, Schwärme von Schmeißfliegen aufstiegen, ohne daß irgend jemand in diesem Weltdorf, das sonst so herausputzt wurde, sich für diesen Skandal direkt vor dem Rathaus zuständig gefühlt hätte: lange nach diesem Ondit am Wege, wie Britta sagte, nach diesem pensionierten Orakel, wie ich vorschlug: als wir viele Kilometer weit gefahren waren und Nordenham näher schien als Worpswede, da erst fiel mir ein, daß ich die Notizbücher im Studio der Stipendiatin vergessen hatte.

Schon wollte ich kehrtmachen, sofort dorthin zurück, wo das »See-Vokabularium« nun verwaist neben dem Samowar abgeblieben war. Aber nach einer kleinen Debatte über Wahrscheinlichkeitsrechnung gab ich mich damit zufrieden, die Notizbücher auf unserem Rückweg abzuholen; nicht zuletzt wegen Brittas Wunsch, dann noch ein, zwei Tage in Worpswede Ferien zu machen.

Drittes Kapitel

»Die Erbtante in Nordenham« – das war Rainers Übersetzung für eine letzte Rettung gewesen, wenn wir über »abschüssige Varianten« sprachen; und einmal hatte er mich auf der Fahrt zu seinen Eltern zu ihr mitgenommen. Aus Nordenham, der bleiverseuchten Region, wie es damals hieß (vielleicht waren deshalb alle aus Rainers Familie so blaß!), stammte Rainers Vater; dessen unverheiratet gebliebene jüngere Schwester lebte noch dort im elterlichen Haus und war zur Erbtante ihres ältesten Neffen ernannt worden. Wie das tatsächlich einmal, nach dem Erbrecht oder nach einem Testament, kommen würde oder gekommen war, wußte ich nicht.

Immerhin hatte diese Tante Rainer damals schon ein Zimmer im Haus überlassen und freigehalten, zu dem er jederzeit zurückkehren konnte, um die Hinterlassenschaften seiner frühen Epochen zu sichten, wie er das nannte.

Ich konnte also durchaus erwarten, dort das Dünenbuch wiederzufinden, das ich Ende der siebziger Jahre für 100 Mark in einem Kölner Antiquariat erworben und dann unvorsichtigerweise an Rainer verliehen hatte – und das, seitdem ich es nicht mehr bewundernd in die Hand nehmen, lesen und studieren konnte, in Schüben meine Sehnsucht besetzte, so daß ich es Seite um Seite, Tafel um Tafel und voller Lust auf schöne alte deutsche Wörter vermissen konnte. Bis die Sehnsucht nachließ und für diesmal verschwand – nur um später, buchstäblich aus heiterem Himmel, aufzutauchen, als gäbe es für meine Seele nichts Verheißungsvolleres als diese Dünenwelt.

Die Tante, fahl und blond auch sie damals, konnte ich mir schwer vergegenwärtigen, vielleicht weil sie Tante Bertchen ähnelte, der drohenden Gestalt meiner Kinderwelt, die sich einst mit einer neunschwänzigen Peitsche auf mich gestürzt hatte. Das soll eine Erbtante sein! empörte sich mein Innerstes und ließ Rainers Tante nicht als eigene Person in mein Gedächtnis ... Doch als wir nun vor ihr standen, erkannte ich sie wieder. Zu groß war auch die Familienähnlichkeit, dieses Verhaltene von Farbe und Mimik, das mich beim Umgang mit meinem Freund oft beschäftigt hatte. Als könnte so einer in jedem Fall als Person noch zulegen und eine Steigerung zustande bringen, mit der ich vielleicht nicht würde mithalten können.

Auch Frau Frederking, die Tante, hatte diese Ausstrahlung. Sie entsprach nicht meiner damaligen Erwartung von einer alten Dame. Ihr ergrautes feines Haar war zu einem jugendlich anmutenden Bubikopf kurzgeschnitten. Sie hatte einen aufmerksam schweifenden Blick aus hellen blauen Augen. Eher rasche beiläufige Bewegungen ohne irgendein Umstandmachen der Alten. Und sie erkannte mich sofort. Schon in einem Augenblick, als ich noch überlegte und einer seltsamen Anmutung des Erotischen, die ich von ihr aufnahm, hinterhersann. Als zeige sich mit diesem Menschen eine kühne späte Liebe zu einem nicht Gemäßen oder gar Verbotenen. In einer bizarren, albernen Sekundenlaune drängte sich mir die Formulierung auf: sie wird ja nicht grade ihren Neffen als ihren Liebsten verstecken!

»Schön, daß Sie mich besuchen!« sagte sie, während sie uns ins Haus ließ. Daß ich kam, in Begleitung kam, schien wie Alltag für sie. Wir konnten alle Floskeln beiseite lassen, hieß das. Und auch diese selbstverständliche Unbedingtheit erinnerte mich an Rainer; an die Art, mit der er beim Kommen seine Elchlederjacke gleich in meinen Schrank hängte. Und unser altes Gespräch fortsetzte.

So fragte ich ohne Umschweife nach dem Dünenbuch, erwähnte, daß es das liebste meiner Bücher war, daß ich es dringend einmal wieder brauchte – und es hier zu finden hoffte, bei ihr, in Rainers Zimmer.

»Ach, das ist Ihr Buch!« sagte sie nur, bereitwilliger als ich gehofft hatte. »Ich erinnere mich, daß ich es bei Rainer gesehen habe; ich weiß nicht mehr wann. Aber schauen wir doch einfach einmal nach!«

Rainers Zimmer war im ersten Stock und lag zum Garten hinaus. Als wir eintraten, stand ein Fensterflügel offen. Wir hörten Vogelstimmen. Wind auch. Das Gartenleben. Als wäre dies auch im Zimmer und das Zimmer also nicht verlassen. Oder gar das muffige Museum eines Verschollenen. Wie angenehm das war. Ich trat ans Fenster und sah dankbar hinaus.

Unter dem Fenster stand ein Tisch, und auf diesem Tisch lag eine Mappe. Wie nur eben für eine Pause zurückgelassen, so daß ich die Hand darauf legen wollte. Eine blaue Jurismappe mit der Aufschrift »Fröhliches Dossier«.

Ein Titel zum Aufatmen. Ich wollte mit einem erleichterten Auflachen danach greifen. Diese Mappe aufschlagen. Und nachsehen, was Rainer unter diesem Titel geschrieben oder gesammelt haben mochte.

»Bitte nicht!« sagte die Tante da und hielt mit einer raschen Hand meine Bewegung auf. »Sie sind zwar sein Freund, ein guter Freund, ich weiß. Aber auch ich lege die Mappe nach dem Staubputzen ungeöffnet wieder hin.«

»Ja. Natürlich, das ist selbstverständlich. Ich habe diesen ... Herzenstakt wohl vergessen.« Ein bißchen empfindlich war ich, weil sie mich nicht als Rainers besten Studienfreund in Erinnerung zu haben vorgab.

»Ein schönes altes Wort«, sagte sie. »Herzenstakt ... Sehen Sie sich doch um. Ob Sie Ihr Buch entdecken. Erinnern Sie sich genauer daran?«

»O ja«, erwiderte ich; und ich konnte Eifer in meiner Stimme nicht unterdrücken. »Es ist ein schweres Buch aus dem Jahr 1910. Leinenkaschiert, in einem dunklen Blau mit gelben Ornamentleisten vorn und auf dem Buchrücken. Jugendstilästhetik. Vorn das obere Viertel für die Schrift abgeteilt. Von den unteren drei Vierteln, in denen, etwas hochgesetzt in einem weiteren und breiteren Rahmen aus Blatt-Ornamenten und an den Ecken abgeschrägt, ein Bild aus dunklem Blau und Silberweiß zu sehen ist: eine stilisierte See-Szene. Über dem von rechts mit silbernen Wellenkämmen heranschäumenden Meer und den sich links aufbauenden Dünen, deren Bepflanzung mit silbernen Punkten und Strichen angedeutet ist, kommt aus einem silbernen Himmel eine große Möwe auf das Meer herab. Auch sie blau mit silbrig gestreiften Flügeln. Und darüber prangt wie gesagt in majestätischen Goldlettern das Titelwort ›Dünenbuch‹.

Und kleiner, hingezogener ist dieses Wort auch auf dem Buchrücken zu lesen. Oben und unten, wiederum wie auf der Vorderseite, in abgeteilten und von jener gelben Doppellinie, die eine gelbe Schlangenlinie faßt, ornamental gerahmt und verziert mit silbernen Vignetten …«

»Können Sie sich das vorstellen?« fragte die Tante Britta ohne erkennbare Ironie.

»So ungefähr«, gab ihr die treue Britta Bescheid.

»Ich schon nicht mehr«, gestand die Tante mit einem Seufzen. »Aber … Schauen wir uns um!«

»Es ist ein Prachtstück des alten Wissens«, sagte ich noch, »erschienen im Verlag Ferdinand Enke in Stuttgart. Ein Dünenbuch in Schwaben! Mit drei Tafeln und vielen Textabbildungen. Mit dem Untertitel, glaube ich, ›Werden und Wandern der Dünen. Dünenbau‹. Die Namen der Professoren habe ich leider vergessen. Einer heißt vielleicht Solger – Aber mag sein, ich verwechsele ihn mit einem älteren deutschen Schriftsteller …«

Meine Genauigkeit beeindruckte die Tante keineswegs. Sie und mit ihr Britta hatten sich schon ins Zimmer gewandt, auf eine Art, die mir nicht verheißungsvoll schien. Als würden sie gar nicht daran glauben, das Buch finden zu können.

»Moment«, sagte ich. »Ich muß mich erst zurechtfinden. Ich war ja erst einmal kurz hier. Und das war vor vielen Jahren.«

»Dann –«, die Tante zögerte und tupfte auf Brittas Arm: »trinken wir inzwischen eine Tasse Tee.«

So stand ich unverhofft allein in Rainers Zimmer, wie verschluckt von einer anderen Zeit.

»Ja, trinkt nur eure Tasse Tee«, murmelte ich, schon befangen, mich in diesem lichten Ambiente zu verhalten wie in einem eigenen. In einem Raum, der so gar nichts Muffiges, Verlassenes, für Spätere Freigegebenes hatte und beherrscht wurde von dem zu einem warmen Rot nachgedunkelten Lerchenholz des riesigen Schranks, den Rainer, wie er mir einmal erzählt hatte, von seinem Vater als »Lebensmitgift« zur Konfirmation geschenkt bekommen hatte. Und der wohl eigentlich die Notwendigkeit dieses anscheinend ewig fortbestehenden Zimmers begründet haben mochte. Gegenüber dem Fenster, neben der Tür strahlte der Schrank geradezu ins Zimmer und konnte ein Gutteil aller Habe seines Besitzers enthalten.

Rainer hatte verschiedentlich die Faßkraft seines »Weltschranks« gerühmt; und ich verstand seine Andacht. Kleider, aber auch Musikinstrumente, die

Gitarren und das Saxophon der Jugend, Spiele paßten in ihn hinein, was auch immer. Ohne daß er voll sein mußte.

Trotz eines Impulses mochte ich ihn aber nicht öffnen und dachte nur: Kein Wunder, daß Rainer seine Elchlederjacke immer sofort in meinen Schrank hängte, sobald er durch die Tür kam! Wer solch einen Schrank besitzt, der benutzt gern Schränke und wirft seine Sachen nicht einfach irgendwohin.

Außer dem Schrank gab es noch zwei andere imponierende Möbel in dem Zimmer. Einen ebenfalls riesigen Ledersessel, der offenbar der alte wuchtige Ledersessel seines Vaters war. Ich kannte ihn noch aus dem Pastorenhaus am Meer. Und erinnerte mich plötzlich an Rainers Anruf, nachdem sein Vater in einer Hamburger Klinik an einer geplatzten Aorta im Bauchraum gestorben war, verblutet. Ein furchtbarer Tod, von dem wir beide vorher nie etwas gehört hatten und der nun in unsere Vorstellungen brach. Wir waren noch keine dreißig.

Nun strahlte der dunkel gesessene Sessel hier seinen übergroßen Heimatanspruch aus, der mich schon damals in dem anderen Haus als etwas merkwürdig Ungeheuerliches berührt hatte. Weil er verhinderte, daß sich um ihn herum und mit ihm ein Ganzes bilden konnte, denn so viel Riesiges fand allenfalls Platz in den Hallen der Römer. So blieb es, wie angesichts des Schranks, ein Bewundern des großen Einzelteils.

Neben dem provisorisch aus einer großen Kirschbaumholzplatte und Stahlrohren aufgebockten, sozusagen wahrhaften Schreibtisch stand oder lag vielmehr eine blau bemalte Seemannskiste, die Rainers Manuskripte enthielt, wie ich wußte. Denn er hatte sie schon in seiner Göttinger Bude gehabt. Ein Werk inzwischen? fragte ich mich. Und welches?

Doch mochte ich nicht schnüffeln, sondern sah lieber, nachdem ich mit einem Rundblick über die wenigen Reihen des Bücherregals das Dünenbuch nicht ausgemacht hatte, eine Weile zum Fenster hinaus, bevor ich das Zimmer verließ und den Stimmen folgend die Treppe hinunterstieg und in die Küche trat, ein wenig feierlich von meiner Scheu, in Rainers Welt weiter einzudringen und in seine Ordnung, die so gar nicht verlassen auf mich wirkte, einzugreifen.

»Schon alles erledigt?« fragte die Tante und sah kaum von dem Wasserkocher auf.

»Wußtest du«, fragte Britta, »daß Rainer sich um eine Stelle beim Nationalpark Wattenmeer bemüht hat? Als Fotograf! Er wollte unten im Keller eine Dunkelkammer einrichten und sich hier niederlassen, hat mir Frau Frederking erzählt. Aber es hat nicht geklappt ... Er hatte keine Zeugnisse!« betonte Britta mit einem Verschwörerton. Ganz so wie sie ihn auch gern beim Vorlesen aus Abenteuerbüchern benutzte. Und dann gluckste sie auf ihre unnachahmliche Mädchen-Weise.

»Wann wollte er das?« fragte ich die Tante.

»Anfang der neunziger Jahre«, gab sie mir mit einem Seitenblick, der vieles sagen konnte, Bescheid. Den ich aber verstand als: Das müßtest du doch wissen, als Freund.

»War er da nicht mehr in Domburg?« fragte ich.

»Er ist dann wohl wieder zurückgegangen … Vielmehr war mir nicht klar, ob er das vorhatte … Vielleicht wollte er auch nach Jever. Da wohnten sein Freund Holger und Marlenes Familie. Ich weiß es aber nicht«, fügte die Tante, wieder mit einem sonderbaren Seitenblick, hinzu. Obwohl sie sich durchaus hätte umdrehen und mir zuwenden können. »Vielleicht brauchte er nur eine Zeitlang einen neuen Plan.«

»Mag sein«, sagte ich.

Ich wandte mich abrupt zu Britta: »Komm laß uns fahren! Wir müssen uns sputen, wenn wir rechtzeitig hinkommen wollen.« Das »sputen« sollte alles rechtfertigen und für Britta ein Wink sein, daß ich es hier nicht mehr aushielt.

Ich beantwortete ihr Staunen mit einem bedeutsamen Blick und drehte mich zur Tür, so daß ich auf die beiden Frauen einen gewissen Zwang ausübte, mir zu folgen.

»Wo denn hin?« zischte Britta mir empört zu. »Was soll denn dieser Quatsch?«

Die Tante folgte etwas langsamer, ohne jeden Kommentar, daß wir ihre Tee-Einladung einfach beiseitelassen wollten. Eher amüsiert, schien mir, wie beim Beobachten von Pappenheimern. Und das waren Rainer und ich wohl auch für sie, trotz aller Pietät bei der Bewahrung des Zimmers.

»Gefilde alten Wissens«, kam mir plötzlich in den Sinn. Da waren wir schon jenseits der Hausschwelle und winkten der Erbtante in Nordenham leutselig.

»Ich verstehe dich nicht«, sagte Britta, neben mir hergehend, ohne mich anzublicken (und so der Tante den Eindruck zu verschaffen, wir würden sofort über sie reden). »Wir sind doch extra hierher gekommen, um das Dünenbuch zu suchen, oder?«

»Nicht zu suchen … Es mitzunehmen, wenn wir es gesehen hätten.«

»Das ist doch dasselbe!« empörte sich Britta nun lauter.

»Finde ich nicht. Wenn ich das Buch hier suchen würde, dann würde ich davon ausgehen, daß Rainer es nicht nur vergessen hat, es mir zurückzugeben.« So ganz klar war mir das auch nicht; aber ich gab meiner Stimme einen kräftigen, selbstbewußten Klang.

Viertes Kapitel

»Und jetzt?« fragte Britta im Auto, als wir schon eine Weile dasaßen, sie am Steuer, ich daneben. »Wohin der Herr?«

»Ich überlege noch.«

»Laß dir Zeit«, sagte sie und legte die Hände auf dem Lenkrad ab; fragte aber schon bald: »Nach Worpswede?«

»Nach Jever, dachte ich.«

»Was wollen wir in Jever, frage ich.«

»Du achtest die einzige deutsche Stadt mit einer Bierakademie gering«, versuchte ich einen Ton, der uns auf einigen unserer Ausflüge gelungen war, beim Wandern und Schmökern im Bayerischen Wald und im Elsaß. Als wir unsere Gespräche musizieren konnten, mit lauter gelungenen Einsätzen.

»Aber es gibt dabei doch ein Geheimnis«, sagte Britta, während ich noch in Rainers Zimmer am Fenster stand und eine andere Luft auf der Brust spürte und seufzte.

»Eines Tages«, erzählte ich, »haben Rainer und ich bei einem Gang am Meer zwei Mädchen getroffen und mit ihnen ein paar Sätze gewechselt. Danach sind wir zurück zum Haus seiner Eltern gegangen, wo ich zwei Tage zu Besuch war. Und ich habe diesen kleinen, etwas romantischen Vorfall vergessen.

Aber dann, ein, zwei Jahre später, besuchte mich Rainer mit seiner neuen Freundin und sagte: Das ist Marlene, ihr kennt euch ja. Und natürlich, nach dieser Bemerkung erinnerte ich mich an sie; daß sie eines der beiden Mädchen war, die wir damals am Meer getroffen hatten. Damit du etwas mehr an die Vorsehung glaubst! sagte er noch ... Früher hätte ich mir eine Zigarette angesteckt, bevor ich weitererzählt hätte; und vielleicht ist es so eine Geschichte für eine Zigarette«, überlegte ich.

»Nur zu«, sagte Britta, ein wenig sarkastisch mit jener Gebärde, mit der man die Vorfahrt anbietet, dabei ähnlich reizvoll erscheinend wie die beiden jungen Mädchen vorm Sonnenuntergang am Ufer des Meeres.

»Rainer und Marlene gingen zusammen nach Domburg und pachteten, ich weiß nicht mit welchem Geld, ein Hotel. Wohl eher ein kleines. Aber ich war nie da; obwohl sie mich einluden, mehr als einmal.«

»Und weshalb nicht? Stolz? Vorurteil?«

»Ich weiß nicht mehr. Keine Zeit, keine Möge. Etwas in der Art.«

»Verstehe«, sagte Britta und trommelte mit den Fingern aufs Lenkrad. »Was ist aus dem zweiten Mädchen geworden?«

»Keine Ahnung. Ich hab sie nie wieder gesehen ... Jedenfalls ging das auf die Dauer nicht gut, schon gar nicht, als Rainer den Spleen kultivierte, Chöre zu leiten und dafür durch die Camps der Buddhisten zu ziehen, die es besonders häufig in Dänemark zu geben schien, denn von daher kriegte ich die meisten Karten.«

»Chöre?« echote Britta.

»Ja, damals kam in Europa eine neue Lust am gemeinschaftlichen Singen auf.«

»Neue Pfadfinder?« fragte Britta.

»So ungefähr. Aber ich kann dir davon kein Sittengemälde malen, ich hab nur die Stern-Karten gekriegt.«

»Was da heißt?«

»Rainer bemalte seine Karten gern mit silbernen Sternen.«

»Rührend.«

»Oder jugendlich – wie du willst. Ich hab sie gern bekommen.«

»Entschuldige.«

»Irgendwann sind sie beide wieder in Deutschland gelandet, und Marlene eben in Jever, wo noch Holger wohnte, ein alter Schulfreund Rainers aus Leer in der Zeit, als sein Vater da Pastor war. Holger hab ich auf einer Geburtstagsfete während des Studiums kennengelernt und später einmal mit Rainer besucht. Ein absoluter Überflieger, das Genie seiner Generation.«

»Und deshalb wollen wir nach Jever und die beiden ausfragen, ob sie vielleicht wissen, wo das Dünenbuch abgeblieben ist«, spottete Britta milde, aber doch auch schon ungeduldig, denn lange Lebensgeschichten waren »gar nicht ihr Ding«.

»Wenn du gestattest!« sagte ich deshalb devot. Schließlich war es ihr Auto.

»Du weisest den Weg«, sagte sie und startete den Motor.

»Holger ist übrigens noch aus einem anderen Grund interessant.« Ich suchte nach einem Aspekt, der Brittas Freude an dieser Fahrt steigern konnte.

»Ja?« machte sie, aber es klang nicht sehr enthusiastisch.

»Er ist oder war jedenfalls mit einer Japanerin verheiratet. Hanako. Eine sehr sensible und originelle Frau, auch sehr hübsch übrigens.«

»Übrigens«, warf Britta ein.

»Eine Künstlerin dazu. Damals etwas Besonderes: eine Konzept-Künstlerin. Sie gehörte zu den ersten, die Naturaufnahmen aus den frühmorgendlichen japanischen Parks als Hörspanne veröffentlichte, in Kyoto.«

»Hörspanne?«

»Du konntest bzw. kannst immer noch, denn ich besitze zwei, drei solcher Platten, eine Langspielplatte lang die verschiedenen Phasen des erwachenden Morgens hören, wenn der Menschen- und Maschinen-Lärm noch nicht alles übertönt. Damals oft als Teil oder Inbegriff der Zen-Meditation gedacht. Aber man braucht diesen Rahmen nicht. Es ist eine Erfahrung der Abwesenheit und einer anderen Anwesenheit, wenn du dir die Zeit nimmst zu lauschen. Du hier und in Kyoto ... Natürlich verändert sich dann die Wahrnehmung deiner Umgebung hier – und dort, deine Wirklichkeit also.«

Britta schwieg und steuerte den Wagen.

Ihr Schweigen kam mir ganz gelegen, denn während ich von Holger und Hanako erzählt hatte, waren mir Bilder und Szenen eingefallen, und ich ließ mich gern noch eine Weile darauf ein. Holger war schon bald Professor der Sinologie und Japanologie und auch noch für ostasiatische Philosophie geworden. Zeitweilig lehrte er an drei Universitäten gleichzeitig, auf drei Kontinenten, in Tokio, Berkeley und Hamburg, wo er Assistent von Oscar Benl gewesen war, dessen Übersetzungen aus dem Japanischen Holger bei jeder Gelegenheiten pries: »Die reine Poesie!«

Ich sah Rainer noch, wie er eines Mittags, er war zu einer ganz ungewöhnlichen Zeit gekommen, sozusagen gerade aufgestanden von der beendeten Lektüre, vor der Tür stand und mir feierlich Yasunari Kawabatas »Schneeland« überreichte. Ein Buch, das Holger ihm geschenkt hatte und das auch ich nun las und sofort liebte.

Wenn Rainer von Holger erzählte, war für Sensationen aus vielen Teilen der Welt gesorgt.

Wobei die größte war, daß er und mit ihm Hanako in Jever wohnen blieben. Der einzige Professor in Jever mit mehreren Lehrstühlen, die aber alle nicht in Jever standen, denn mit der Bierakademie verband ihn nichts als daß er ganz gern Jever Pils trank. Ein schmaler dunkelhaariger Mann mit großer Hornbrille, der später gern seine Ähnlichkeit mit Woody Allen anführte. Aber eben in Jever gemeldet (denn oft konnte er bei seinen weltweiten Verpflichtungen nicht zuhause sein). Vielleicht wegen der Kinder.

»Du kannst es mir ruhig erzählen«, sagte Britta lässig.

»Was?«

»Was du dir erzählst.«

»Woher weißt du, daß ich mir etwas erzähle?«

»Na hör mal. Solch ein Schweigen und ein frommes Gesicht!«

»Fromm?«

Da wollte ich mich doch verwahren, wie man früher sagte. Aber: welche Zeit mit dem »Verwahren« gewinnen? fragte ich mich – und erzählte Britta noch ein wenig von dem schmalen dunklen und dunkel gekleideten Holger mit breitem Gürtel und der Tolle der frühen Rockstars. Buddy Holly nicht unähnlich. Denn er war einer von ihnen, den Mühelosen, der auch sein sonderbares Leben mit Hanako und wahrscheinlich extrem begabten und originellen Kindern in Jever leben konnte, als wäre es nichts. Vielleicht weil es da den weltweit besten Optiker gab, wie Rainer behauptete, der als echter Nordmensch den niederdeutschen Dichter und Optiker Oswald Andrae schätzte und sogar vertont hatte. Die Platte hieß »Hollt doch den Duums för den Sittich«.

»Ich hoffe, er hat nichts gegen den Sittich«, warf Britta ein.

»Er ist schon tot«, erklärte ich.

»Das ist was anderes«, murmelte Britta ganz leise; denn sie hatte diesen Blitz schon oft gezündet.

»Wie gesagt – und jede Menge Chinesisch und Japanisch, so daß man Jever wohl, so ausgerüstet mit

Bier, Sprachen und Pausen ein echtes Zentrum der Globalisierung nennen kann.«

Wir brauchten eine halbe Stunde, bis wir Marlenes Dritte-Welt-Laden fanden. Jever ist eine von diesen bei schönem Wetter im blauen Himmel blitzenden norddeutschen Städten, die sich hinziehen. Mit einem Schloß und Park-Auslauf, so daß sich Britta schon sehnsüchtig danach umsah und auf das benachbarte Schloß-Café deutete.

Der Laden sah ganz harmlos aus, von außen wie ein türkisches Obst- und Gemüse-Geschäft. Aber sobald wir eintraten, quollen uns Waren in jeder Form entgegen, in Ballen, Gefäßen – und dazu lose und schwere Gerüche, die vielleicht einmal als Düfte gemeint waren und nun die lastende Oberhoheit gewonnen hatten. Britta hielt gleich den Atem an und blieb stehen. Und auch ich fühlte mich an Weihrauch und Bronchialkatarrhe erinnert.

»Ich warte draußen«, sagte Britta, während ich mich dem Ladentisch näherte, weil ich dort Marlene entdeckt hatte, ihre langen blonden Haare, freilich grau angetönt, die schmale, noch immer biegsame Gestalt, während sie sich zum obersten Regal streckte und eine große Tee-Dose hinauf und in eine Reihe ähnlicher Dosen bugsierte.

Auch sie erkannte mich beim Umdrehen und war offenbar auf deutsche Weise platt. »Was willst du denn hier?« fragte sie und hielt sich an der Ladentheke fest.

So schlecht, fand ich, war unsere Beziehung nicht gewesen, und so scherzte ich: »Eigentlich wollten wir nach Worpswede.«

»Wir?« fragte sie. Ihr irrlichternder, weit über mich hinausstürzender Blick verriet mir, daß sie sofort dachte, ich sei hier zusammen mit Rainer, und nun kämen wir bei ihr vorbei, ich als Vorhut.

»Britta und ich. Wir machen ein bißchen Ferien.«

»Und wo ist Britta?« fragte sie, als müßte das erst geklärt werden, um auszuschließen, daß es doch Rainer war, der sich in meinem »Wir« versteckte, und zwar, um ihr weh zu tun. Das fürchtete der Blick der gelassen außereuropäisch gewandeten Marlene.

»Sie wartet draußen – der Geruch, sie hat eine Allergie. Und auch ich kriege nicht richtig Luft.«

Marlene schlug die Augen nieder, als schämte sie sich, daß ich ihre reinen Absichten nicht anerkennen wollte.

»Es ist physisch, ich kann nichts dafür«, betonte ich. »Vielleicht können wir draußen ein paar Worte wechseln – oder hast du Lust, mit uns eine Tasse Kaffee zu trinken?«

Nein, natürlich nicht, sie hatte schließlich Dienst im Laden und übrigens, so offen war sie, auch keine Lust. Ferien könne sie sich auch nicht leisten.

Das klang nicht gut. »Kein Auto?«

»Doch, doch«, beschwichtigte sie: »So schlimm ist es auch nicht.« Aber sie verbarg ihren Unwillen nicht; mit mir, mit dieser Situation, mit der Existenz Rainers, auch wenn er nicht in meiner Begleitung sein sollte. Ihre starre, wie angehalten wirkende Haltung blieb, auch als ich beruhigend eine Hand auf die andere Seite des Ladentischs stützte und sie schräg angrinste wie ein amerikanischer Detektiv, der weiß, was das alles bedeutet. Dabei war es die pure Not, die mich nach der Stütze greifen ließ, so wankte mein Kreislauf unter der Last der betäubenden Düfte. »Ich wollte dich nur fragen, ob du weißt, wo Rainer ist!« versuchte ich meinen Besuch abzukürzen.

»Ich?« rief sie empört. »Weißt du überhaupt mit wem du redest – du redest mit der letzten Sex-Sklavin Europas! Und die ist jetzt entlaufen!«

»Na, na.«

»Du hast wohl eure Hasch-Orgien vergessen?« rief sie noch lauter, allerdings vergeblich gegen die Ansammlung dämmenden Materials in diesem Raum.

»Im Gegensatz zu dir offensichtlich. – Aber ich kann dich beruhigen: ich bin nicht auf Sensationen aus«, sagte ich.

»Ach, der Herr ist lammfromm! Oder sagen wir: gesetzt – gesetzestreu!«

»O Penthesilea ...«, wollte ich anheben, ließ es aber und winkte ihr müde zu, sozusagen mit einem Geschichtswinken, und machte mich auf den Rückzug.

Nun aber kam sie hinter mir her, wie um sich zu überzeugen, daß Rainer wirklich nicht mit mir in Jever war. Als sie Britta sah, hielt sie überrascht inne und wechselte dann wie ein Chamäleon in eine andere Erscheinung, geborgen in einem woman-to-womanlook und aufmerksam machend auf das Erbe der Kulturgüter dieser Welt.

»Hallo, du bist Britta?«

»Ich bin Britta – Na, hast du sie nach dem Dünenbuch gefragt?« sprach die treue Britta gleich weiter zu mir; so dieses Du außerhalb der alten Bistro-Mannschaft tadelnd.

»Dünenbuch? Welches Dünenbuch?« wandte sich Marlene, als hätte sie die Abweisung nicht bemerkt, an mich.

»Ich suche ein Dünenbuch. Ich hab es Rainer vor Jahren geliehen und hätte es gern zurück. Du hast es nicht zufällig gesehen bei Rainer.«

»Nicht daß ich wüßte ... Wie sieht es denn aus?«

»Oh nein, bitte nicht!« warf Britta ein und wandte sich zur Flucht, noch bevor ich der Bitte entsprechen konnte – und dann trotzdem entsprach, denn es war zwecklos, Marlene das Buch zu beschreiben.

»Vielleicht weiß Holger etwas.«

»Holger?« fragte mich Marlene in einer abgründigen Mischung aus Empörung und Triumph. »Holger ist tot!«

»Tot? In seinem Alter?«

»Glaubst du, ich lüge?« Sie hatte unbestreitbar darstellerisches Talent.

Ich sah die Wahrheit fast vor mir und fragte blöde (und rasch, um Britta nicht aus den Augen zu verlieren, die ganz schön ausschritt): »Und Hanako?«

Der Adressatenwechsel schien sie zu verwirren und sprachlos zu machen. Sie trat ein wenig zurück und zögerte. »Warte, ich kann dir ihre Handy-Nummer geben.«

Sie ging zurück in den Laden, brachte einen gelben Notizzettel heraus. Stumm ließ sie mich die Nummer abschreiben.

»Dank dir«, sagte ich und eilte, nachdem ich Marlene im Gegenzug meine Handy-Nummer überlassen hatte, Britta hinterher.

Auf der Straßen-Terrasse des Schloß-Cafés streckten wir die Beine sehr vorsichtig unter einen zierlichen Stahlrohrtisch und ließen eine Weile nur Kaffee und Kuchen und die Straßen- und Schloßszene, den hingebreiteten Sonnabend näherkommen: etwas, das wir gut zusammen konnten. Den Atem finden und die Seele auch, hatten wir es im Elsaß genannt. Allerdings mußten wir hier auf die zierlichen Beine des Tisches aufpassen.

»Ich versteh das nicht«, sagte Britta. »Aber es ist ja auch nicht meine Geschichte.«

»Mußt du auch alles verstehen?« wollte ich erst nur sagen und dann schweigen. »Freunde erinnern sich ... An den lange vom Meer gewaschenen Stein, als sie die Buhne entlang gingen und sich bücken mußten. An das gekräuselte Haar eines Hundes zu ihren Füßen. An die rote Backsteinwand, vor der sie in Gedanken versunken waren, so sehr, daß sie sich abstützen mußten und ihre Wärme fühlten, denn es war Sommer. An den Lederrücken des kleinen Oktavbändchens im Antiquariat, als Rainer die Robert Frost-Gedichte fand, in einer zerschlissenen Nachkriegsbroschüre aus dem aufgelösten Bestand eines Ferienheims: das mochte keiner sonst anfassen, und so erhielt es Rainer vom Antiquar geschenkt – und komponierte zum Dank seine Robert Frost-Lieder.

Sie sehen die beiden Freundinnen mit den langen Haaren auf sich zukommen, vor dem unruhig heranzuckenden Wasser hinter den Buhnen; und als sie nahe heran sind, ist auch das Wasser ruhig. Das ›auch‹ ist schwer zu erklären. Sie sprechen über die Mädchen …«

»Na also«, sagte Britta schlicht.

»… daß etwas sein könnte, wenn man diese Haare an der See sieht, das Blond im Licht, die Spuren im Sand hinter ihnen. Und dann sind sie sicher, jedenfalls Rainer ist es, daß etwas passiert. Eine regelrechte Meergeschichte.

Er hat sie eines Tages angesprochen und ist mit ihr weitergegangen. Es war an einem Bank-Holiday. Das hatte Rainer in den englischen Morgennachrichten gehört, die er aus Familientreue immer noch anstellte, wenn er zu Hause am Meer war. Der Großvater hatte schließlich mit der BBC die Nazis überstanden; der Vater mit ihren Sendungen sein Lebensgefühl gefunden. Mit einem ›Hello‹ sprach Rainer das Mädchen an, das ihm so bedeutungsvoll am Meer begegnet war. Und Marlene wollte den ernsten, englisch grüßenden Mann kennenlernen und suchte nicht nach Belanglosigkeiten.

Sie fuhren nach Domburg und blieben in Holland

zehn Jahre. Das Entrückte ihres Lebens dort wurde den Freunden immer klarer. Man kannte jeden Schritt und erfuhr manches Wort. Sie pachteten ein Hotel. Aber nicht nur das. Sie schmuggelten Bibeln in den Ostblock. Sie bedienten noch in dem makrobiotischen Restaurant eines Freundes. Sie wanderten vor und nach der Saison nachts von Turm zu Turm, von Mühle zu Mühle in diesem Land und wohnten bei guten Menschen (alten Pastoren, für die sie die Bibeln schmuggelten). Sie lebten, wonach die Freunde sich sehnten.

Sie eröffneten eine Winter-Galerie in Den Haag und schrieben zum neuen Jahr einen Rundbrief an die Freunde. Rainer hatte das chinesische Siegel seines Großonkels übernommen. Der Siegellack bröckelte sehr und machte die Freunde mißtrauisch gegen die deutsche und schließlich gegen die holländische Post. Die Ansichtskarten von Kirchen und Bojen, von Silhouetten und Wellen des Meeres waren leichter zu empfangen und auch rührender. Immer war das Rainer. Immer eine ganze Geschichte. Von Besuchen, wie es sie nur am Meer, nur in Rainers Familie gab. Das Klima und die starken Getränke wurden gutgelaunt als Schuldige verdächtigt, der Kandis, die Heringe und natürlich die Leuchttürme als etwas, an das man glaubt. Alles wußten die Freunde; aber zu fassen kriegten sie Rainer nicht mehr. Dazu lebte er zu fern, zu entrückt.«

»Eine schöne Version.« sagte Britta gelassen und rührte weiter in ihrem Milchkaffee.

Ich bestellte noch ein Mineralwasser und suchte Hanakos Handy-Nummer heraus. Uneingeschüchtert von Brittas Stirnrunzeln wählte ich die Nummer und freute mich, als ich Hanakos flüchtiges »Hei« hörte, das Rainer manchmal als schöne Alternative zum deutschen Namen-Melden gerühmt hatte.

Hanako war aber nicht zu Hause, sondern bei ihrem japanischen Frauenchor in Bremen, und sie würde von dort mit einem Abstecher zu ihrer Freundin in Kassel zu dem japanischen Frauenchor nach Düsseldorf fahren, bevor sie nach Jever zu den Kindern zurückkehren würde. Aber: Kinder! Die Kinder waren ja schon groß. Sie benutzte die alte deutsche Wendung, die sie vielleicht von Holgers Mutter gelernt hatte. Denn Hanako, das hatte Rainer scherzhaft erzählt, saugte gern die Redensarten und Lieblingswendungen, gerade von Freunden, wie ein Schwamm auf. Es tat ihr sehr leid ... Ich beruhigte sie: Es ist nicht schlimm! wirklich nicht! Erst wollte ich sagen: So gut kennen wir uns doch gar nicht! Aber das ging natürlich nicht. Also sagte ich in einer Verlegenheit: »Ich wollte sowieso mit einer Freundin nach Worpswede, mach dir keine Gedanken!« »Worpswede!« rief sie da. »Wie gern würde ich wieder einmal nach Worpswede fahren! Ich liebe diesen Ort! Da fühle ich mich so wohl!«

»Dann besuch uns doch da«, schlug ich etwas eilig und bevor ich Brittas Gesicht gesehen hatte vor.

Nein, das würde sie nicht gern tun. Sie war mit dem Zug in Bremen; und sie fuhr nicht mehr gern allein in vollen deutschen Bussen. Einmal und nicht wieder war sie von Bremen aus mit dem Bus nach Worpswede gefahren. Nein ... Aber vielleicht könnte Marlene sie mit dem Auto abholen. Marlene liebe doch Worpswede. Marlene, ich kennte ja Marlene. Marlene würde sie sicher gern wiedersehen. Mit Marlene, das könnte klappen ... Sie las mir meine Handy-Nummer vom Display vor und versprach: »Ich melde mich!«

»Na also«, wiederholte Britta und zeigte mir ihr düsteres Gesicht, wie sie es nur wenige Male gebraucht hatte und eigentlich nur einmal, als ich auf einer gemeinsamen Venedig-Reise zu viel getrunken hatte und in der Nacht im Bett eines englischen Ehepaars gelandet war. Aber damals waren wir jung, noch jünger jedenfalls.

Gerade überlegte ich, mit welcher Geschichte, mit welcher CD oder mit welchem Buch, am besten: mit welchem Plan ich Britta mir wieder gewogen machen oder sie wenigstens auf mich einstimmen konnte, da entdeckte ich auf der anderen Straßenseite: Rainer! Mit einem Sprung wollte ich um den Tisch herum und hinüber, aber der Tisch gab unter meinem kraftvollen Aufstützen nach, spreizte die Beine und ging parterre und mit ihm, rutschend, aufschlagend und zerbrechend, das Geschirr und das Glas und mit sattem Laut die Flasche.

Britta konnte eben noch vor der herabgedrückten Tischplatte die Beine wegziehen, dann gehörte sie schon zu den erstarrten Gesichtern im Café, die alle mich zum Ziel nahmen.

Ich hatte mich zum Eklat gemacht und konnte nur noch rufen: »Ober, einen neuen Tisch bitte!«

Es kam mit dem alle Sorgen lösenden Lachen natürlich eine junge Frau; und Britta war es, die aufstand, um diskret alles im Innern an der Kasse zu bezahlen, was wir verzehrt hatten und was ich angerichtet hatte.

»Aber wieso du?« fragte ich.

»Ich hab dich hierher gebracht«, sagte sie, vor der aufmerksam lauschenden Bedienung.

So daß mir nur die Feststellung blieb: »Die Großmut der Frauen ist unerschöpflich ... Man dankt.«

Als ich mich nun nach Rainer umsehen konnte, war er natürlich verschwunden. Und ich konnte Britta nach ihrer Rückkehr nicht dafür gewinnen, ihn zu suchen.

»Du hast dich geirrt, ganz einfach«, erklärte sie. »Wenn er hier wäre, hätte das Marlene gewußt.«

Das nun bezweifelte ich gerade und zeigte wohl diese Skepsis deutlich in meinem Mienenspiel; so daß Britta verkündete: »Ich fahre jetzt! Wenn du mitkommen willst, würde ich mich freuen.«

Mehr nicht. Aber es empfahl sich, freiwillig zu tun, was die Not gebot.

Und so nahm ich Brittas Arm und verließ mit ihr die Terrasse.

Fünftes Kapitel

Es war noch sehr früh, fünf Uhr eben, als ich auf dem Weg vom Klo zurück ins Bett vor den Vorhang trat, um einen ersten Blick auf den Tag zu heben. Ich konnte an den Umrissen der Bäume die Sonnenstrahlen begrüßen, dieses Aufglühen der Silhouette, das zugleich die Sicht auf jedes einzelne Blatt verspricht, und murmeln »Herr es ist Zeit«.

Wir waren, bald nach unserer Ankunft im »Buchenhof«, dem ehemaligen Haus des Malers Hans am Ende, »erst einmal für zwei Übernachtungen untergekommen« und nach einem kleinen Bummel durch die Straßen des Weltdorfs zu einer späten Tasse Kaffee in einem Galerie-Cafe eingekehrt, wo wir in einem Schrank mit antiquarischen Büchern ein Erinnerungsbuch an Rilke gefunden hatten, »Stimmen der Freunde«. Das berührte mich seltsam, so daß ich es trotz des Preises von 45 Mark und Brittas erhobener Braue kaufte.

Die Lektüre nur weniger Sätze abends im Bett und durch die Ermüdung hindurch brachte mir die starke Stimulanz dieser poetischen Welt und den eigenartig festen Versrhythmus nach Jahren zurück, so daß ich ein paar Verse aus dieser früheren Epoche voller Pathos aufsagte. Worauf Britta prompt bemerkte: »Ich wußte nicht, daß du ein Rilke-Fan bist« und ich abwehren mußte: »Das nun gerade nicht. Das war ich nicht einmal in meiner Jugend!«

Und doch arbeiteten Rilkes Verse nun in mir weiter, während ich mit den Augen der Anziehung der Gelbblüher in der Landschaft folgte, Löwenzahn, Butterblumen und die anderen entdeckte, deren Namen ich nicht kannte, aber deren Gelb in dem aufleuchtenden Morgen mir wohltat. So daß ich am liebsten sofort hinausgegangen wäre: zu den Koppeln, wo die Pferde aus dem Schatten der Bäume auf die sonnigen Flecken treten und gelassen die Schweife während ihrer ersten Mahlzeit werfen würden, wie ich es damals mit Rainer beobachtet hatte.

Das nächste Mal wachte ich auf, als Britta zum Klo ging. Ich nahm das Buch vom Nachttisch und blätterte darin, während Britta die Wasserspülung betätigte, sich dann kurz die Finger unterm Wasserhahn wusch. Also, dachte ich, will sie noch einmal zurück ins Bett, und las ein paar Zeilen, von Fritz Mackensen, wie ich entdeckte: »Die Hamme steht in naher Beziehung zum Meer; sie hat Ebbe und Flut. In starken Biegungen zieht sie durchs Teufelsmoor, die weite Niederung, aus der sich einsam der Weyerberg, an dem Worpswede liegt, erhebt. Auf den röhrichtverwachsenen Altwassern, an denen wir vorbeifuhren, schwammen auf breitem Blattwerke unzählige gelbe und weiße Wasserrosen.«

»Hat Rilke«, fragte ich bei diesem Stichwort und angesichts der neuen Hochzeitsindustrie die hereinkommende Britta, »eigentlich in Worpswede geheiratet?«

»Das weiß ich nicht«, sagte sie knapp und ließ sich offenbar in ihrem lustvollen Drang zum wunderschönen Alltag nicht aufhalten.

»Jedenfalls haben sie eine Weile zusammen in Westerwede gewohnt«, klärte ich sie auf und fügte lauter hinzu: »Gerade lese ich bei Mackensen, daß die Tide bis hierhin reichen soll. Das hab ich nicht gewußt.«

»Ich auch nicht«, bemerkte Britta über die Schulter, denn sie stand jetzt wie ich vor einer Stunde am Fenster und konnte vielleicht, da sie jünger war, die Insekten an den Stämmen der Buchen ausmachen.

»Schön, daß wir dazugehören«, sagte ich.

»Wozu?«

»Zur Tide!«

»Na!« rief Britta: »Da weiß ich was Besseres!« und drang mit unmißverständlicher Heftigkeit auf mich ein, so daß ich mit einem schnellen Wurf das Buch in Sicherheit bringen mußte.

Auf unserem Weg zu den Pferdeweiden spielten wir mit »alt« und »neu«, nachdem wir das alte Rathaus entdeckt hatten, das einer Ausstellung diente. Das alte Rathaus war kein ganz altes und auch kein neues, eher ein neueres altes Haus gewesen; das neue Rathaus in der »Bauernreihe« dann war in einem alten reetgedeckten Bauernhaus untergebracht worden, das nun in der Gewitternacht weitgehend zerstört worden war. Ob sie überlegten, das neueste Rathaus wieder in dem nicht so alten alten Rathaus anzusiedeln, oder?

»Anzusiedeln!« wiederholte Britta und kniff mich in die Wange, eine ihrer unangenehmeren Gewohnheiten.

In der »Bauernreihe« entdeckten wir dann, abgesehen von der Brand- und Löschruine, aus der das verschmorte Reet des Daches stank, kaum noch Spuren der Katastrophe. Und ein neuer Anbau des Rathauses schien weitgehend intakt, auch wenn auf dem Verbindungsteil die Rathausuhr zum Zeitpunkt des Blitzeinschlags stehengeblieben war.

»Deine Ideen werden nicht gebraucht«, sagte Britta. »Diese Welt ist auch so immer wieder von einem Tag zum andern in Ordnung.«

Wie zum Beleg solcher Thesen ihrer Generation strahlte die Zeile der Studios »Vor den Pferdeweiden« im Junilicht. Inmitten der Weiden, in der Nähe der holden Windmühle, die wohl jeder Worpsweder Künstler einmal gemalt hat zum Zeichen des Zusammenklangs von Himmel und Erde, und der wundersam Farbe und Licht, Wind und Vögel ein- und ausatmenden Baumriesen vor der phosphoreszierenden Moorweite, konnte man keine Katastrophe glauben, sondern nur tiefsten Frieden.

Auf einem der Nachbargrundstücke lagen weiße Wäschestücke, ausgebreitet zum Trocknen und Bleichen nach der großen Wäsche. Und aus einem der Studios hörten wir wie als Fortsetzungsgeschichte der Zivilisation das Schleudern einer Waschmaschine, versöhnt mit einem langsamen Dialog zweier Männerstimmen in Pidgion-English aus einem anderen Studio.

An der Studiotür »unserer« Stipendiatin lasen wir auf einem angepinnten Zettel: »Morgens sind nicht meine Sprechstunden; sondern meine Schweigestunden. Passant, achte mein Gebot!«

»Es ist bald Mittag!« sagte ich und hielt Brittas Hand auf, die ohne Zögern klingeln oder jedenfalls klopfen wollte. »Wir haben Zeit. Und immerhin signalisiert der Zettel, daß die Stipendiatin da ist. Laß uns nach dem Essen wiederkommen. Dann wird sie zugänglicher sein.«

Hinter dem letzten Studio gingen die Gleise einer Bahnlinie in die kleine Ferne der nächsten Kurve links und rechts. Auf ihnen würden wir rechts bis zu dem in ein kunstvoll zum Restaurant mit Terrasse und Bier- und Café-Garten gewandelten Worpsweder Bahnhof balancieren. Dazu lud uns das Kreischen und das Ferienplanschen aus der nahen Badeanstalt ein.

Britta konnte von den Gleisen, vom gemeinsamen Wackeln und Wanken, dem Festerfassen der Hand des andern, von der Sonne auf Gleisen, Bohlen und Schotter und auch noch, wenn sie aufschaute und sich hinter Gebüsch und Bäumen die Landschaft zu den Weiden und den dort grüßenden Blessen der Pferde öffnete, von den Pausen dieses kurzen und durch das Balancieren und Abbrechen und weiter Balancieren so genußreich gedehnten »Gleiswanderns«, wie sie es taufte, nicht genug kriegen und wollte nach dem Essen genau auf diese Weise zu den Studios zurückkommen.

Und erst recht, nachdem sie den Zug erlebt hatte!

Wir aßen unsern Salat vor dem Pfannkuchen auf dem durch einige hinausgestellte Tische zur Terrasse gestalteten Bahnsteig, als ein langgedehntes Warnpfeifen ertönte und ein roter Kurswagen herbei und dann mit einem erneuten Pfeifen wieder von dannen rasselte und ratterte.

»Achtmal«, sagte der einzeln dasitzende Mann vom Nebentisch, als das Geräusch verebbte. Und da wir ihn erstaunt musterten, fügte er für uns hinzu »pro Tag« und hob generös prostend sein Glas.

Wir prosteten zurück, und Britta flüsterte mir betont verschwörerisch zu: »Sonst haben wir Ruhe! will er sagen!« und schien sich darüber diebisch zu freuen.

Sie kaufte eine Flasche Zitronensprudel, bevor wir zu unserer Rückbalance starteten.

»Kuck nicht so! Die leere Flasche schenken wir der Stipendiatin. Die kann sich dann das Pfand holen!« vermeldete sie.

Und so kletterten wir gut versorgt zu den Gleisen, schwerfälliger geworden von den mächtigen Pfannkuchen und einem französischen Landwein.

Es störte ihr Vergnügen nicht, daß wir nun öfter von den Gleisen mußten. Denn jedesmal bei dieser Gelegenheit nahm Britta die Sprudelflasche, die sie wie zum besseren Balancieren in der freien Hand trug, an den Mund, legte den Kopf in den Nacken und ließ ein paar Schlucke in ihre Kehle laufen, ganz still eine Weile.

Es mußte eine Urszene ihres Feriengefühls sein, so auf Schotter oder auf Bohlen zu stehen, mit in den

Nacken gelegtem Kopf Zitronensprudel zu trinken – und dabei über sich den weiten Himmel zu haben; das reine Blau und die eine weiße Wolke eines ungetrübten Sommertags zu finden!

Ich ließ es geschehen, froh, daß ich auch diese Britta kennenlernte.

Doch als wir zurückkamen zur Studiotür der Stipendiatin, war dort immer noch der warnende Zettel.

»Wer weiß, wie lange ihr Morgen dauert«, sagte ich und versuchte den Scherz anzuschließen: »Ihre Nächte sind ja, wie wir wissen, auch nicht ohne.«

Nun war es Britta, die nach unserem Gleiswandern Zeit und gar eine Schwäche für die Stipendiatin zu haben schien: »Ach, laß doch! Warum sollen wir uns nicht noch eine Weile umsehen?«

»Ja, warum nicht!« sagte ich und sah mich ostentativ um.

Alle Blessen der Weide schienen uns zugewendet, und das sah wirklich sonderbar aus.

»Entweder haben alle Pferde dieser Weide eine Blesse – und Pferde sind neugierig. Oder alle Pferde mit einer Blesse sind neugierig«, sagte ich, während ich mich Richtung Hamme in Bewegung setzte.

Britta hakte sich spöttisch für zwei Schritte bei mir ein und zog mich mit einem »Lassen wir die Neugierigen neugierig sein, solange sie nur Pferde sind« ein wenig zügiger in die gewünschte Richtung. Die schmale Asphaltstraße entlang zur Hammebrücke mit dem Gasthaus links und dem Campingplatz rechts, geradeaus zum Jenseits der Brücke ins weite alte Moorland. Aber der Blick kam bald zurück und legte bei der Brücke an, heimatlich angelockt!

»Schon die ganze Zeit fühle ich mich irgendwie an Maigret, vielmehr an Simenon, erinnert.«

»Glaub nicht, daß ich dich verstehe!« sagte Britta.

»Die hingebreitete Idylle, die aber gestört oder bedroht – geradezu hingerichtet durch ihr stummes Aushalten ...«

Und da ich dem zum Irrsinn aufgeschlagenen Blick meiner Gefährtin begegnen mußte, legte ich mich ins Zeug: »Das Leben zum Beispiel eines Schleusenwärters in abgelegener, von der Geschichte vergessener, überwucherter Gegend ... Sonne über einem Gespräch vor einer altmodischen Conciergerie ... Die nachgerufene Sorge, daß ein Kleidungsstück fehlt ... Maigrets Mantel! So etwas. Landschaft nur in Reichweite der Gebärden. Campingplatzmaß... Verstehst du jetzt?«

»Na ja«, sagte Britta. Sie hörte wohl zu; und sie horchte über das Gesagte hinaus, um mir einen Gefallen zu tun, als gehörte tatsächlich noch etwas dazu, unbedingt dazu. Wie gerade das Schlagen der Hubschrauberrotoren in der Luft. Das Glucksen eines vorbeiradelnden Mädchens. Das Sommersummen aus den Büschen ... Eben das, was auch Maigret mitgehört und dem Sensorium seiner Fall-Intelligenz nutzbar gemacht hätte und was sie, nach so vielen Ferien-Gesprächen, inzwischen ebensogut wußte wie ich. Denn natürlich hatte sie mich verstanden.

Nach einer Stunde, als die Stipendiatin immer noch nicht aus ihrem Schöpfermorgen gefunden hatte, fühlten wir uns legitimiert genug, an der Tür zu klopfen und auch zu klingeln und noch einmal zu klopfen, als begehrten wir dringend Einlaß an einem Burgtor. Aber, natürlich, Ironie hört man einem Klopfen nicht an, und so durfte ich mich nicht wundern, daß die Tür aufgerissen und über das unverschämte Klingeln geschimpft wurde. Daß sie uns kaum wiedererkennen und von meinen Notizbüchern nichts wissen wollte. Daß sie keine Zeit hatte für unsere Spirenzchen und mich schon gar nicht in ihr Studio hineinlassen würde.

»Du setzt zu viel voraus«, sagte Britta, als die Tür wieder geschlossen war, nachdem die Stipendiatin mit einem Handgriff den Zettel von der Haustür gerissen hatte.

»Ich wollte sie ja nur aus ihrer Welt wecken …«, sagte ich lahm, dabei aber doch denkend, daß ich in diese alberne Stimmung durch die Gleiswanderung mit Britta geraten war. »Also doch kein guter Tag.«

»Heiratet ihr denn nicht?« fragte Marlene vorwurfsvoll, nachdem sie uns mit einem kurzen Handy-Kontakt in Worpswede erreicht hatte und nun mit Hanako am lachenden Buddha aufgekreuzt war. Ich hatte sie von früher weniger forsch im Gedächtnis, eher schweigsam neben Rainer, allenfalls für den Buddhismus eifernd. Insofern mochte sie die Hoettger-Skulptur auf eine entsprechende Betriebstemperatur gebracht haben, was freilich zu ihrer weiten Gewandung und den sanften Wölbungen ihres alternativen Daseins, so wie ich es in Jever aufgefaßt hatte, auch nicht recht passen wollte. Als sollte ich nun ihre Mienen, die hellen blauen Augen und ihr ganzes Wesen in ihnen wieder neu ergründen; als habe sie Anspruch auf eine dieser allerneuesten neuen multiplen, sich in der gefährlichen Multiplizität findenden oder verlierenden Persönlichkeiten, und ich brauchte mir keine Gedanken mehr um ihre Identität zu machen!

Hatte sie nicht auch gesagt, Hanako sei in Bremen – und jetzt kam diese Hanako mit ihr zusammen hier in Worpswede an und doch wohl aus Jever?

»Wir machen das Beste daraus, daß wir nicht als Trauzeugen gebraucht werden, Hanako!« schlug Marlene vor.

»Was ist das Beste?« fragte Hanako.

»Ich dachte, du seist in Bremen zum Singen!« sagte ich.

»Nein, ich will von hier nach Bremen, heute abend. Morgen singen wir in der japanischen Gemeinde.«

»Gemeinde?« fragte Britta leutselig. Sie war mehr als einen Kopf größer als Hanako, und das galt es erst einmal zum Verschwinden zu bringen.

»Hanako ist bei den japanischen Evangelen aktiv«, erklärte Marlene. »Ist das nicht komisch, ich mit meiner evangelischen Herkunft aus Deutschland bin Buddhistin geworden; und Hanako mit ihrer japanisch-buddhistischen Herkunft ist evangelische Christin geworden! Und wir sind Freundinnen!«

»Das spricht für die Religion«, stellte Britta fest, noch bevor ich es anmerken konnte.

»Ja«, sagte Hanako schwärmerisch, ohne daß ich einen falschen Ton hören konnte: »Ja, das ist wunderbar.«

»Hanako und ihr evangelischer Chor begrüßen drei Missionare, die nach vielen Jahren in Japan zurück nach Deutschland kommen.«

»In den Ruhestand?« fragte Britta Hanako.

»Ruhestand!« lachte Hanako. Das R sprach sie mühelos und nur leicht rollend. »Sie werden auch hier genug zu tun haben!«

»Ich meine natürlich nur: offiziell!« verteidigte sich Britta.

»Offiziell?« wiederholte Hanako und legte den Kopf schief, während sie noch immer meinen Arm hielt und lächelte.

Ich mochte sie auf Anhieb gern.

»Und was –?« fragte Marlene, »Was wollt ihr hier, wenn ihr nicht heiraten wollt, sonst machen? Bilder kaufen?«

»Als könnte man in Worpswede nichts als heiraten oder Bilder kaufen!« spottete Britta.

»Wir sind vorgestern nacht während des Gewitters hier in dem Studio einer Künstlerin untergekommen und haben bei ihr etwas vergessen, das wir abholen wollen – Meine Notizbücher«, erklärte ich, da Marlene mich weiter neugierig ansah.

»Und nur deshalb seid ihr hier?« staunte Marlene.

»Und natürlich wegen Worpswede«, sagte Britta,

so daß Hanako und auch wir anderen lachen konnten.

»Habt ihr sie denn schon abgeholt, eure Notizbücher?«

»Meine Notizbücher«, sagte ich.

»Seine Notizbücher«, sagte Britta.

»Ja, habt ihr nun oder nicht?« fragte die erstaunlich hartnäckige Marlene uns weiter das Loch in den Bauch, das die Vorfahren zu Recht fürchteten.

»Wir sind bisher gescheitert«, sagte Britta schlicht und dramatisch, und ich hatte den Eindruck, sie machte sich insgeheim über mich und meine Bekannten lustig.

»Gescheitert?« fragte Hanako nach.

Ich mußte daran denken, was für ein Könner ihr Holger gewesen war: Ein Mann ohne Scheitern!

»Sollen wir euch helfen? – Und wenn wir eure Notizbücher ergattert haben, feiern wir den Erfolg!«

»Meine Notizbücher.«

»Vielleicht keine schlechte Idee«, sagte Britta. »Wenn wir als Publikum anrücken!«

Darüber mußten nun Marlene und ich lachen, und Hanako schloß sich uns an.

Ich war sicher, daß Britta den Vorschlag machte, weil sie hoffte, so noch einmal in den Genuß einer Gleiswanderung zu kommen.

Und so war es denn auch.

Britta balancierte munter voraus, inzwischen, beim dritten Mal an diesem Tag, brauchte sie nicht einmal mehr meine Hand. Wir anderen folgten vorsichtiger. Hanako fand sich nach einigen Metern auch auf Schienen mit einer gewissen Anmut zurecht; um Marlene mußte ich mich mit Handreichungen und Abstützungen kümmern; vor allem aber mußte ich ihren gesammelten Lehr-Erzählungen lauschen.

Selbst auf den Schienen zu balancieren, wozu auch noch einmal, dazu kam ich in ihrer Begleitung nicht. Entweder führte ich die schwankend Stolzierende, indem ich auf den Schwellen, aber eben auch immer wieder auf dem Schotter neben ihr gehen mußte, um sie festzuhalten. Oder wir holperten und stolperten beide zwischen den Schienen einher.

Marlene hatte wohl eine Gelegenheit gesucht, mit mir oder vielmehr vor mir über Rainer zu sprechen. Diese Geschichte, die, so hatte sie herausgefunden, »in ihr Leben eingeschlagen war wie ein Meteor«; und nun lag sie da, nichts anderes als eine Kraterlandschaft!

Ein wenig komisch wirkte ihr Eifer, weil sie sich zugleich noch bemühte, schnell genug auf dem Gleis zu sein, um die vor uns balancierende Hanako und noch die vorneweg strebende Britta in Hörweite zu halten. Sie sollten Zeugen dessen sein, was sie mir zu sagen hatte!

Allerdings konnte sie sich nicht aufraffen, mir unumwunden die Meinung zu sagen, die wohl ungefähr hätte lauten müssen: was Rainer für ein gemeiner Schuft sei, sie in seine Buddhistencamps und nach Domburg zu schleppen, immer mehr nach Domburg, um sie da allein zu lassen; und zum Schluß für nichts und wieder nichts, das heißt für ihre abgehängte und kümmerliche Existenz in Jever, in Jever! Nicht einmal unter Friesen.

Statt dessen schlich sie sich an mich mit Schmeicheleien heran. Worpswede sei für sie, trotz ihrer eigenen Besuche hier, mit Rainer und später auch allein, immer der hohe Ort der Freundschaft gewesen, der Ort, an dem wir Freunde, Rainer und Albert, uns getroffen hatten, um in der Dunkelheit einmal das Weltdorf zu umkreisen und danach im Lichtschein einer Music-Box zwei Mädchen beim einsamen Tanz zu beobachten, die Rainer an unsere erste Begegnung am Meer erinnerten, als wir, Rainer und Albert, sie und ihre Freundin Krissi angesprochen hatten.

»Die schmalen anmutigen Glieder«, murmelte ich.

»Ja so ist er«, sagte Marlene. »Ich kenne die Legenden.«

Der böse Unterton forderte mich heraus, und so holte ich ein wenig aus: »Bei Rainer geht es um die Welt der Tide und der Winde, glaube ich, es ist eine Welt des Ausflugs ...«

»Ausflug!« höhnte sie. »Mich brauchst du nicht mehr zu becircen! Ich habe die Operation schon hinter mir.«

»Aha«, sagte ich und nahm mir vor, mich fortan zurückzuhalten, um, wie Rainer in seiner Wut einmal ausgestoßen hatte, den Weiberton zu vermeiden.

Marlene besänftigte sich, indem sie mir darlegte, wie gut sie Rainers Art verstehen konnte (und sie hatte ihn dafür geliebt!). Seine Projekte und Expeditionen. Das Chorsingen wie die Utopie vom Hotel der Freunde in Domburg. Das Versammeln von Freundesstimmen für ein gemeinsames Vorhaben. Und wie sehr Rainer dieses Wort »Vorhaben« geliebt habe! Überhaupt die Wörter. Ihren Klang, ihre Verheißung. Das war ja auch zum Weinen schön. »Bojen und Wörter«, wie Rainer gern sagte, »halten den Mann auf Kurs!« Marlene lachte in Erinnerung an diesen Kindersatz; aber zum Lachen sei es schon bald und dann sehr lange und immer länger zu traurig und einsam gewesen ... Und zwar auch und vor allem: weil die Freunde in Domburg ausblieben und Rainer (und natürlich damit auch sie) im Stich ließen! Das wollte sie mir immer schon einmal sagen. Und Freunde ...

»Das war vor allem ich ... Ich weiß«, sagte ich. »Aber ich habe nicht gesehen, wie ich solch einen Lebensroman hinkriegen sollte.«

»Es gab nichts mehr hinzukriegen«, belehrte mich Marlene. »Das Hotel war ja da. Nur der Mut fehlte eben!«

Das betonte sie so laut, daß Hanako und Britta es hören mußten. Denn das sollten sie von mir wissen.

»Mut«, sagte ich, nun auch laut genug für das Gericht. »Mut – am Ende ist jeder ein eigener Mensch und nicht ein Wunschgehilfe.«

»Auf einmal! Ja, um die schönen Wörter seid ihr beide nicht verlegen.«

»Mag sein. Aber auch ich habe ein Leben, das scheitern könnte – und vielleicht scheitern wird. Aber so melodramatisch an fremder Küste, das war nicht nach meinem Geschmack.«

»Geschmack! Mein Gott: Geschmack!« schrie Marlene.

»Ja, ein furchtbares Wort, jedenfalls in diesem Zusammenhang. Aber mir fiel kein besseres ein ... Sollte ich ›Stil‹ sagen oder ›Charakter‹? Wie auch immer! Das Pathetische, ich sage nicht: das Bombastische – ich weiß nicht ... Es hat mich zwar immer irgendwie gelockt und mir den berühmten Schauer über den Rücken gejagt; aber so etwas unterschreiben, mit meiner Person dafür einstehen, und nicht nur heutzutage, grundsätzlich! – dagegen sträubt sich alles in mir, ob du das nun verstehst oder nicht.«

Nun hatte ich doch noch die Rede gehalten, die ich nicht halten wollte. Aber Marlene gehörte zu den Menschen, bei denen man nicht darum herum kam, solche Reden zu halten. Das hatte Rainer ganz sicher bei ihrem Anblick am Meer damals nicht erwartet; und mich brachte es auf, desto mehr, je länger ich neben dieser Person über den Schotter stolperte.

Das Publikum und sein Wunsch, ihre Werke zu sehen, öffneten uns wie erhofft die Tür der Stipendiatin. Und als ich mit einem Blick durch ihre Schlafzimmertür (da ich die Notizbücher nicht neben dem Samowar im Studio fand) meine Notizbücher gestapelt vor dem Bett entdeckte, konnte sie mir mein Eigentum nicht länger vorenthalten, was immer sie damit vorgehabt haben mochte.

Die zerstreute, alle mißtrauischen Mutmaßungen souverän abwehrende Milde, mit der sie meiner Aufforderung nachkam und mir die Notizbücher in die Hand drückte, konnte freilich auch damit zusammenhängen, daß sie gerade Besuch von zwei Kolleginnen hatte, die uns gleich nach einer ersten Runde der Betrachtung einluden, auch ihre Werke in den Studios nebenan anzuschauen.

Friederike, die direkte Nachbarin, arbeitete mit Holz und flocht gegenwärtig Skulpturen aus Korbweide.

Araya, die das Studio direkt neben dem Bahndamm bewohnte, war eine Malerin und Fotokünstlerin aus Thailand, die kurz vor dem Abschluß ihres Jahres in Worpswede stand und uns, um so dringlicher und sehr zuvorkommend, zu der morgigen Vernissage einlud …

Nun ja, relativierte sie in fließendem Deutsch bescheiden, Vernissage: es war nicht mehr als eine kleine Voraus-Ausstellung im Kreis der Kollegen und Freunde hier vor den Pferdeweiden, die später, da fehlte nur noch die letzte Zusage, in der großen Kunsthalle vollständig gezeigt werden würde. Es gab von Seiten der Verantwortlichen Vorbehalte der Pietät, habe man ihr gesagt. (Friederike und Ricarda, unsere Stipendiatin, schmunzelten.) Aber um so mehr würde sie sich freuen, wenn wir morgen, ja, leider erst morgen, weil es heute noch zu unordentlich bei ihr aussah, in ihr Studio kommen und staunen würden.

»Zum Staunen vorbeikommen, nicht?« fragte Marlene angeregt nach.

»Das ist der Umgang mit der Kunst, glaube ich.«

»Ich sowieso«, fügte Britta hinzu, zum Ausgang strebend, aber an der Flucht durch die sich neben ihr verneigende Hanako gehindert. Worauf sie aus der Not eine Tugend machte und sich großzügig um ihre Achse drehte, gleichsam entlang den großen Scheiben, in denen der schöne Tag von draußen mit den Kronen seiner mächtigen Bäume hereinwinkte, und zu der Bemerkung hinreißen ließ: »Man kann das Gewitter nicht mehr glauben!«

»Ja«, sagte ich, die Notizbücher glücklich im Arm. »Das kann man wohl sagen. Und es ist gut, daß du es gesagt hast an diesem Tag!«

Aber diese Bemerkung, die den Anderen Freude machte, schien Britta zu verstimmen. Sie wandte den Kopf und folgte nur widerwillig, als wir uns Friederikes Korbwelt ansahen.

Und freilich, so wie sie zurückblieb im Tag, während wir unsere Pflicht im Nachbarstudio taten, so wäre auch ich gern zurückgeblieben.

»In einem bist du deinem Freund Rainer wirklich sehr ähnlich«, sagte Marlene unvermittelt, als wir beim Abendessen im Worpsweder Bahnhof saßen, weil draußen im Biergarten und auf dem Bahnsteig kein Tisch mehr frei gewesen war.

»Jetzt sind wir aber neugierig!«, sagte Britta und legte ihr Besteck ab, als gälte es, eine neue Epoche zu begrüßen.

»Erwartungen zu erfüllen ist auch nicht deine Stärke, Albert, oder?«

»Erwartungen?« fragte ich nach, zum ersten Mal überrascht von einer Bemerkung Marlenes, und sah verblüfft zu Hanako und Britta, die sich aber nichts anmerken ließen.

»Wir wollten uns doch einen schönen Abend machen – und jetzt sitzen wir hier in diesem alten Wartesaal, an allen andern Tischen ist Fete, und hier ist vor allem Pause und wir warten und warten!« empörte sich Marlene.

»Wie bestellt und nicht abgeholt«, bekräftigte Britta, »und das, obwohl die Züge noch fahren!«

Ich wollte lachen, aber Marlene haute auf den Tisch und lief rot an: »Nein, mal ehrlich – das interessiert mich, wie fast nichts sonst: Ist das ein Gesetz bei euch Freunden: daß dann nichts kommt?«

»Na, na«, sagte ich. »Hab ich denn was versprochen? Ich hab mein Gemüseomelett bestellt wie ihr Frauen auch. Und jetzt eß ich es – und laß vielleicht den Atelier-Besuch ein bißchen sacken ...«

»Und du paßt natürlich auf die Notizbücher zu deinen Füßen auf«, fügte Britta hinzu und deutete nach unten, wo ich, zwischen ihr und mir, den Stapel deponiert hatte, so daß er niemand im Raum behinderte und ich den nicht wieder vergessen konnte, wenn ich aufstand.

Wir versuchten angesichts Marlenes roten Gesichts ein wenig zu lachen, auch Hanako. Aber Marlene sprang auf, schrie: »Das ist kein Spaß!« und verschwand durch den Raum, die Treppe hinauf zu den Toiletten, die, fast so etwas wie ein Wahrzeichen, hinter einem mit einem Geländer gesicherten Holzplateau auf halber Stockhöhe annonciert wurden. Locus amoebus hatten Rainer und ich damals die Gelegenheit getauft, zum Örtchen zu paradieren.

»Was hat sie denn?« fragte ich Hanako, nachdem Marlene durch die Tür verschwunden war und sich unsere Verblüffung so weit gelegt hatte, daß Britta ihr Besteck wieder aufnehmen konnte. »Das ist eine traurige Geschichte«, sagte Hanako und ließ den Kopf sinken. Und als wir schwiegen, fügte sie hinzu, wiederum das R besonders sorgfältig und fast liebevoll intonierend:

»Rainer ist zu oft abwesend, immer länger ... Er ist sehr ruhelos. Keiner weiß, wo er gerade ist.«

»Ja«, sagte ich.

»Das nervt«, fügte Britta hinzu, und Hanako lauschte dem nach.

»Kannst du nicht mehr darüber erzählen?« fragte ich.

Hanako sah dorthin, wo Marlene verschwunden war und wo sie, wenn sie das Omelett nicht kalt werden lassen wollte, bald wieder auftauchen mußte.

»Das ist eine lange traurige Geschichte, glaube ich«, sagte sie. »Und viel weiß ich nicht.«

»Wer weiß schon viel!« versuchte ich sie zu ermuntern.

»Aller Anfang ist schwer!« fügte Britta wieder auf schwer durchschaubare Weise hinzu.

»Kommst du nach Bremen?« fragte Hanako vorsichtig – und meinte wohl, ob ich sie während ihres

Bremen-Aufenthalts ohne Marlene treffen konnte – dann würde sie mehr erzählen wollen, schloß ich.

Sie sagte: »Marlene bringt mich heute abend zu meiner Freundin nach Bremen, wo wir übernachten wollen. Und morgen früh fährt sie nach einem Einkaufsbummel zurück nach Jever.«

»So daß wir uns morgen im Laufe des Tages treffen könnten?« schlug ich vor.

»Morgen muß ich den ganzen Tag singen und mit meinen Freundinnen zusammensein.«

»Also übermorgen?« fragte ich, ein wenig dringlicher.

»Schon übermorgen!« fügte Britta hinzu.

»Übermorgen wollte ich ins Paula Modersohn-Becker-Museum …«

»Dann treffen wir uns dort – um elf?« fragte ich schnell, denn eben tauchte Marlene erstaunlich rasch wieder in der Tür zu den Toiletten auf, und legte Hanako die Hand hin zum Einschlagen. Und da auf dem Tisch lag sie eine Weile, meine Hand.

Dann verstand Hanako und reichte mir anmutig und mit einem kleinen Auflachen ihre Hand.

Für Marlene gewiß eine dubiose Situation. Aber sie kam heran, setzte sich und nahm ihr Besteck wieder auf, ohne irgendeine Reaktion auf uns zu zeigen. Das Rot war aus ihrem Gesicht gewichen; und mit dem Rot wohl ihre wetterleuchtende Erregung. Denn sie erlaubte uns nun, ein, zwei Stunden beim Essen und Trinken miteinander hinzubringen.

Sechstes Kapitel

Mit einem melancholischen Gedanken wurde ich am nächsten Morgen wach, als ich vom Bett aus an der gegenüberliegenden Wand das Gemälde eines felsigen Bachlaufs wahrnahm. Britta mußte schon vor mir aufgewacht sein und die Vorhänge zurückgezogen haben. Und nun lag in den frühen Sonnenstrahlen, die gestern die Baum- und Wiesenwelt vor dem Fenster erleuchtet hatten, das Zimmer vor mir und in dem besonnten Zimmer die Wand mit dem Gemälde, auf dem wiederum durch das schütter und farbig gewordene Blätterdach eine Herbstsonne auf den weiß über Felsensteine schäumenden Bachlauf fiel.

Das Bild rührte an eine Erinnerung, und nicht weil ich es hier schon gesehen hatte. Es war ein tiefer gründendes Wiedererkennen, ein déjà vu – und auch wieder nicht. Eine Ähnlichkeit mit dem Ilse-Tal im Harz kam mir in den Sinn. Noch eher aber, fiel mir beim weiteren Nachdenken in der Morgenstille ein, das Motiv, das früher in deutschen Wohnstuben über dem Sofa zu finden war und das ich vor vielen Jahren immer betrachtet hatte, wenn ich meinen Freund Wiegand Kramer, den Sohn des Kriminalkommissars, zu unserem Wettlaufen abholen wollte und wieder auf ihn warten mußte.

Vergänglichkeit rührte mich an, vielleicht noch durch das Herbst-Motiv gesteigert, und wollte mich entmutigen. Auch an meinen Wänden, so wurde mir damit klargemacht, würden sich alt gewordene Bilder finden, die andere als solche eher ausmachen konnten als ich! Das nämlich, was diese Bilder zum Interieur meiner Existenzform beitrugen und das ohne meine ständige Beatmung leblos zu werden, von der Zeit abzufallen drohte ... Ein Stoff für meine Melancholie.

Als hätte ich nur erst bis zu dieser Erkenntnis vordringen sollen, war nun Brittas Rumoren aus dem Bad zu hören, das Leben, das weiterging. Und gleich darauf kam sie auch schon zurück ins Zimmer, frisch und heftig wie immer. Sie trug freilich ihren Kulturbeutel unternehmungslustig in der Hand; und sie war vollständig angezogen: »gestiefelt und gespornt«, ging mir durch den Kopf. Während ich noch nicht einmal wach gewesen und auch nicht durch ein Signal ihres Tuns, einen seelischen Wellenschlag oder dergleichen, wach gemacht worden war.

Ich erlebte also schlicht einen ihrer abrupten Abschiede, die so selbstverständlich und zweckmäßig über mich kamen, daß es übertrieben gewesen wäre, Überraschung zu zeigen oder auch nur rätselnd zu grimassieren. Diese Abschiede erfolgten genauso plötzlich wie Brittas Ankünfte. So war Britta, so wollte sie mit mir umgehen, das war unsere Geschichte.

Und so war es fast schon eine Zugabe dieses Tages, als sie sagte: »Ich muß los. Ich hab keine Zeit mehr. Du kannst ja nach deinem Treffen mit Hanako von

Bremen aus mit dem Zug fahren. Du fährst doch gern mit dem Zug, oder?«

»Schon«, sagte ich. Aber ich konnte mich nicht dagegen wehren, daß mich diese Abreise besonders traf. »Vom Fleck weg aus dem schönen Worpswede!« dachte ich. Es gab Kunst hier und diese wunderbare Baumnatur inmitten der weiten Moorlandschaft für den freien Tag, die Hamme mit ihrer Tide, den Bahnhof und die Gelegenheit zum Gleiswandern!

Und all das fiel nun ihrem knappen Abschied zum Opfer. Nein, korrigierte ich mich, nicht wirklich. Die Tagesgeschichte, die Geschichte dieses Tages wie die aller künftigen sollte mit mir allein weitergehen! Das war es, was ich kapieren sollte.

Ich machte Anstalten, mich aus dem Bett zu schwingen, um mich dagegen zu wehren oder wenigstens nicht tatenlos zu bleiben in solch einer Gegenwart. Aber Britta, die ihre Tasche schon aufhob, winkte mich zurück: »Bleib ruhig noch liegen! Und mach dir einen schönen Ferientag. See You!«

Und damit bannte sie mich wie manches Mal zuvor und schloß schon die Zimmertür auf und verschwand über den Flur, nicht mehr als das Echo ihrer Schritte zurücklassend.

»Ohne Frühstück!« rief ich noch wütend. Ich mußte mich nur auf den Rücken legen und ausatmen, »herbstwund sozusagen«.

Bis nach dem Frühstück hielten die gewohnten Verrichtungen die Stunde zusammen, aber ich spürte doch die Drohung dieses leeren Tages näherkommen, wenn ich hierbleiben und auf das morgige Treffen mit Hanako warten wollte. Aber gerade das mußte ich, nach Brittas Abreise, wollen. Es war also die Kunst des altgewohnten, aber gerade wieder einmal abgewöhnten Alleinseins gefordert, knapp gefaßt: die Kunst!

Erleichtert über diesen Hinweis der Reflexion, machte ich mich auf den Weg zu den Studios.

Ricarda, die Gewitter-Stipendiatin, wie ich sie jetzt taufte, kannte ich – oder hieß sie Friederike, und Ricarda war die Korbkünstlerin? Ich war mir nun unsicher über unseren Bekanntschaftsgrad. Jedenfalls hatte ich eine persönliche Einladung zur Vernissage Arayas, der Thailänderin.

Mit diesem Wissen konnte ich, da es noch früh am Tag war (und ein Vormittagsbesuch der Gewitter-Stipendiatin nicht ratsam schien), meinen Umweg zur Kunst machen, durch Worpswede oder an Worpswede vorbei, um Worpswede herum. Die Wege, die ich mit Britta gegangen war, die Bauernreihe mit der Rathausruine, das Gasthaus an der Hamme-Brücke und auch die Galerie, wo ich »Die Stimmen der Freunde« gekauft hatte, wollte ich aber meiden.

Und so ging ich erst einmal den Weyerberg hoch, an den schönen zurückgezogenen Häusern der Prominenz vorbei Richtung Kunsthalle, schwenkte bei Gelegenheit eines Hinweises zum Niedersachsen-Stein und schloß mich eine Weile dem träufelnden Strom der Touristen in die Hoetger-Welt an, um dann aber doch in den oberen Teil des Orts zurückzubiegen und in einem Straßencafé einen Kaffee und, der Erinnerung an eine Pariser Szene folgend, als ich neben einem Campari trinkenden Herrn mit den schönsten Manschettenknöpfen meines Lebens gesessen hatte: einen Campari zu trinken.

Hier konnte ich jetzt sitzen und trinken, mich auf Namen einlassen oder nicht. Ich konnte essen oder lesen. Oder ich würde nur trödeln. Und das an einem schönen Sommertag, umgeben von Worpswede und seinen Künsten und Gewerben.

Vogeler fiel mir ein, der Lockruf in die Biographie eines Verschollenen und hier noch so Berühmten, das Bild des Barkenhoffs, das zur Ikone geronnene freundschaftliche Künstlerdasein in Worpswede, sein Tod im fernsten Rußland der Revolution, sein einladendes Haus im Schluh – oder war es gar nicht seines, sondern das seiner Worpsweder Hinterbliebenen? »Hinterbliebenenrente« hallte das Wort der Kindheit heran, aus der Zeit der Kriegerwitwen, als die Frauen, noch ganz anders als Britta im glücklichen Heute auch im neuangefangenen Friedensleben an die Krieger gebunden blieben, allenfalls in der Wortwelt der alten Alpha-Tiere liederlich sein konnten, bis die Straßen von der Rebellion widerhallten und auch in Deutschland der Strand unter dem Pflaster gesucht wurde!

So saß ich an meinem Pariser Campari und hätte es gut gefunden, wenn jemand vorbeigekommen wäre. Aber wer vorbeikam, kam nicht für mich vorbei. Und so ging ich nach einer Weile hinüber zu dem

Kasten mit ausgelegten Büchern halbantiquarischen Charakters, deren Wert offenbar noch niemand hatte erkennen wollen. Dort eines auszumachen, das große Los, das noch des glücklichen Händchens eines Wissenden harrte, traute ich mir durchaus zu.

Aber, die Campari-Stimmung ließ nur ein Streifen über die Buchrücken zu. Dann stieß das schmuddelige Niveau der Niederungen ab. Eher konnte ich noch einen Campari trinken, mich zurücklehnen und in der Sonne einmal wieder ein paar Notizen machen.

Oder aber ich konnte, und die leuchtenden Bilder, die sich nun mit der überwältigenden Suggestion der Erinnerung einstellten, gaben den Ausschlag, zu den Pferden auf den Pferdeweiden pilgern und sie mit religiöser Inbrunst betrachten. Und mich damit zugleich mit dem gebührenden Pathos den Studios der Stipendiaten nähern, ihre Adresse »Vor den Pferdeweiden« wie auch meine Herausforderung beim Wort nehmend.

Die Pferde, die meine Erinnerung als Worpsweder Pferde präpariert hatte, gab es aber an diesem späten Sommervormittag auf meinem Weg zu den Stipendiaten nur andeutungsweise zu besichtigen. Der Junitag war schon heiß, und die Pferde hatten sich in ferne Schattenwelten nahe den Bäumen zurückgezogen. Ihre langsamen Weidebewegungen waren bei angestrengtem Hinsehen auszumachen. Das geliebte vereinzelte Schnauben, das die Nüstern frei und die

Fliegen weg blasen soll, hörte ich wohl. Und ich entdeckte wieder auf den noch ferneren baumfreien Weiden, wie sich die Pferdepaare Kopf bei Schweif zusammengefunden hatten, so daß eines vom Schweifpeitschen des andern gegen die Insektenwolken geschützt wurde.

Mein Wunsch aber nach Nähe wurde allenfalls von einem Haflinger erfüllt, der, seine blonde Mähne schüttelnd, sich um einen leeren Eimer bemühte. Immer wieder tunkte er das Maul hinein und verschwand tief mit seinem Kopf darin.

Eine Weile blieb ich stehen und wartete darauf, daß dieser dicke Kopf in dem Eimer stecken bleiben und mit seiner neuen Behelmung bei mir am Zaun auftauchen würde. Aber nichts Dramatisches geschah. Der Kopf hatte genug Platz in dem Eimer. Es war heiß, alle Artgenossen auf den Weiden folgten der Pferde-Vernunft und suchten im Schatten ihr Tagesglück, nur dieses kleine Roß, fast schon ein Pony, konnte es nicht lassen, den Eimer zu erkunden.

Vielleicht, dachte ich, sind auf dem Boden des Eimers letzte Spuren eines besonderen Futters. Spreu, Krümel, Staub oder auch nur ein Geruch. Jedenfalls ging das mir Unverständliche weiter und betonte noch die Ferne, in der die anderen Pferde sich in den Mittagsschatten sammelten.

Ich schlenderte schließlich weiter, den Sandweg hinauf, der vor ein paar Tagen noch in der Gewitternacht und auch noch am Morgen danach eine einzige Wasser- und Schlammbahn gewesen war, von der nun nicht einmal mehr eine Pfütze übrig geblieben war, und hatte schon staubige Schuhe.

Es half nichts, weiter umherzuziehen. Und da ich nicht schon wieder und allein im Bahnhof essen und den Leuten bei ihren Toilettengängen zusehen wollte (»beim Abschied« hatten wir schließlich gescherzt), entschloß ich mich, trotz der vergleichsweise frühen Stunde, das Schweigegebot der Stipendiatin zu brechen.

Zu meiner Überraschung öffnete sie nach meinem Klingeln, obwohl der Zettel, der mich zum Passanten machen wollte, wieder an ihrer Tür klebte. Sie trug einen über und über mit Farbe beschmierten weißen Kittel, als sei dies die Leinwand ihrer Kunst, und hielt einen gewaltigen Borstenpinsel steil in der Hand.

»Ricarda«, sagte ich. Und da sie nur ein knappes »Ja?« sagte, wußte ich, daß sie tatsächlich Ricarda hieß und nicht Friederike.

»Ich wollte fragen, ob wir zusammen zu Arayas Vernissage gehen wollen. Ich würde gern von eurem Fachgespräch lernen.«

Sie sah mich an wie einen Verrückten und sagte nur »Was?«, wohl noch einsilbig aus der Versenkung in ihre Arbeit heraus. Ich hatte mir diese Frage nicht vorgenommen und war in gewisser Hinsicht nun selbst von ihr überrascht.

Aber ich nutzte Ricardas Verdutztheit und trat an ihr vorbei in den Flur und ging weiter auf die offene Tür des Studios zu, neugierig, was sie mit dieser gewaltigen Ausrüstung dort unternehmen mochte.

Und tatsächlich sah ich drei riesige Leinwände auf

Rahmen gezogen, die sie offenbar rauschartig gleichzeitig mit Farbe beworfen oder bestrichen, eher grundiert hatte. Und doch konnte ich so etwas wie Strandmotive ausmachen, angedeutet die Riffeln des Watts, Dünen, den Flutsaum des heran laufenden Wassers, Wogen im Hintergrund, Horizontlinien. Wie durch einen Dunst, im Glast, hinter Sandfahnen zu erspähen. Entwürfe im Sinne des Wortes. Und Wörter, mit Silberstift geschriebene Wörter, die ich von der Tür aus nur schwer entziffern konnte.

»Feder« las ich, »Schnecke« wohl und »Silbermöwe« – da lachte ich auf wegen der mit Silberstift geschriebenen »Silbermöwe«, als mich Ricarda, endlich anwesend, endlich empört, energisch in den Flur zurückzog.

»Was soll das, verdammt noch mal! Was willst du überhaupt?« Immerhin duzte sie mich.

»Ich wollte dich eigentlich abholen, damit wir zusammen zu Arayas Vernissage gehen. Ich würde gern hören, wie ihr darüber sprecht. Als heutige Künstler sozusagen. Ich bin ein bißchen eingerostet.«

»Bist du auch Maler?« fragte Ricarda ungläubig.

»Sagen wir Liebhaber ... Ein wenig Sammler.« Ich wußte, daß Künstler bei dem Wort »Sammler« aufhorchen.

»Tja«, sagte Ricarda, gleich viel gutmütiger. »Aber Sammler haben noch keinen Zutritt – das Geheimnis ist noch nicht komplett, wie du wohl gesehen hast! Und übrigens macht Araya ihre Mini-Vernissage erst heute nachmittag, soviel ich weiß.«

Sie betonte das »Mini«, als gäbe es da einen abgrundtiefen Abstand zu den großen Formaten im Studio hinter mir, zu denen mich nicht umzudrehen ich mich zwingen mußte. Denn in der Tat übten sie, und meinetwegen durch ihr unkomplettes Geheimnis, eine Suggestion auf mich aus. Der alte See-Liebhaber in mir wollte nähertreten!

Ricarda schien meinen Impuls zu ahnen, denn sie sagte rasch: »Nein, nein! Nun komm schon. Ich muß arbeiten – und Du mußt gehen!«

Sie nahm von einem wackeligen Teewagen aus den fünfziger Jahren, den ich dort unter den Sicherungen noch nicht gesehen hatte, eine von mehreren Fotokopien.

»Das kannst du lesen ... Ein Artikel über meine Arbeiten, heute erschienen: Damit kommst du vielleicht in das gewünschte zeitgenössische Kunstgespräch, ohne daß ich meinen Morgen aufgeben muß!«

Immerhin, dachte ich, hatte sie schon Zeit gehabt, einen Artikel, der heute erst erschienen war, zu fotokopieren und für Besucher bereit zu halten.

Da ich die Fotokopie, darauf starrend, ohne zu lesen, in den Händen drehte, als suchte ich das richtige Format, wurde Ricarda nun ungeduldig oder, wie man früher sagte: ungemütlich.

»Nun schleich dich langsam«, hob sie noch bairisch getönt und also hier in Norddeutschland abgeschwächt an. »Worpswede ist voller Künstler, sei ein bißchen gerecht und geh eine Tür weiter oder zwei. Vielleicht sehen wir uns ja heute nachmittag bei

Araya. Jetzt laß mich aber mal meiner Inspiration folgen. Und hopp!«

Damit war offensichtlich kein Pferd gemeint. Und so kam ich ihrem Gebot, etwas gemäßigter zwar, nach.

Als ich aus dem Flachgebäude hinaus in die große Nachbarschaft der Bäume, der majestätisch gleißenden Sonne und der Weite der Pferdeweiden hinter dem Bahndamm trat, hängte eine Nachbarin gerade Wäsche auf die Leine, weiße Bettwäsche: eine Nachbarin in Schürze als Gruß aus der bürgerlichen Welt gleichsam; und wie leuchteten ihre Wäschestücke! Von welchem Wunderwaschmittel auch immer geweißt!

So merkwürdig war diese Opposition zu den Bildern hinter mir, zum Kittel der Künstlerin, so zugehörig zugleich und geradezu unverzichtbar für diesen Augenblick, so angemessen auch war das Format der im Wind sich leicht bauschenden Laken dem der Großbilder, daß ich mit einem Auflachen stehen blieb. Ricarda, die hinter mir die Tür schließen wollte, deutete das Lachen vielleicht anders, trotziger, aufrührerischer, denn sie zeigte auf einen verwaisten Stuhl auf dem Rasen.

»Du kannst dich ja da ne Weile in die Sonne setzen und den Artikel lesen – oder einfach mal ein bißchen was baumeln lassen, und seis die Seele!«

Damit verschloß sie die Tür, und die Gebärde sprach: Die Tür kommt jetzt zu; und sie wird nicht wieder aufgemacht!

Der Vorschlag war gar nicht so schlecht, und so folgte ich der Einladung und nahm mir den Artikel vor.

»Eine Stipendiatin taucht auf«, lautete der Titel, der aber sofort sein angedrohtes Mehr an Bedeutung verriet. Nämlich daß die Stipendiatin Ricarda Löffler aus Eschwege mit und aus einer regelrechten Sintflut in Worpswede aufgetaucht sei. Blitz und Donner waren zwar etwas dramatisch für ein Auftauchen, aber dafür wartete der Artikel mit einer, im übrigen auch mich betreffenden, Koinzidenz auf.

An dem Tag nach dem Gewitter (als Britta und ich also weitergefahren waren) fand hinter den Studios ein kleines Fest zu Ehren des Erfinders und Betreibers dieser ganzen Stipendiatenkultur vor den Pferdeweiden, Martin Kausche, statt. Aus dem Rathaus waren eine Kaffeemaschine, diverses Geschirr, Kuchenplatten, dies und das noch herangeschafft und in dem Schuppen neben Studio 1 deponiert worden. Und sie blieben auf diese Weise von der Zerstörung durch den Großbrand oder durch die stundenlangen Löschanstrengungen von über hundert Feuerwehren verschont.

Aber, fuhr der Artikel fort, denn man hatte in Worpswede den Humor nicht verloren, Ricarda Löffler hielt diesem Fingerzeig des Schicksals stand! (»Gottes« wagte man nicht zu sagen.) Sofort sah ich natürlich auf das Porträtfoto zum Artikel, das ein noch junges Gesicht unter einem Hut zeigte. Sie raucht Zigarillos, wußte dazu die Bildunterschrift, die aber nicht zu sehen sind!

Ihre Bilder, fuhr der Artikel fort, sind schwer zu beschreiben, wie bei moderner Kunst bekannt. Gesten, Spuren, in Farben, Farbmaterialien auf Leinwand. Dazu, daneben verbrannte (!) Objekte auf Blechen, zu lange gebackene Brötchen. Kunst vor und nach der Schwelle, nennt es die Künstlerin. Deshalb auch einige Objekte mit Ziegeln für öffentliche und auch für private Auftraggeber.

Schon immer sah sie am liebsten auf rote Dächer in der Sonne, in der weiterbrennenden Sonne sozusagen. Die alten roten Ziegel waren mit der Süße der ganzen Geschichte vollgesogen – noch in ihrer langsamen Auflösung. Das Verschwinden der alten Geschichte durch die atmenden Poren der mürbe und brüchig werdenden Ziegel!

Starker Tobak wie jede Romantik, die mit der Süße beginnt, aber man kann sich dem schwer entziehen, wußte der Artikel; und ich las es gern auf meinem Stuhl, während ich das leise Schnalzen der nassen Bettücher im Wind zu hören meinte und doch den Blick nicht von dem Artikel und dem Bild der Stipendiatin heben mochte, die uns in der Gewitternacht bei sich aufgenommen hatte, nur damit ich meine Notizbücher neben ihrem Samowar vergessen konnte.

War es eine Minute, war es eine Stunde gewesen, als ich jemanden auf dem Plattenweg vor den Studios herankommen hörte. Ich öffnete die Augen: es war Araya, die, ganz in Schwarz, schwarze Bluse, schwarze

Hose, schwarzes Haar, mit einer tomatenroten Basttasche in der Hand näherkam. Und dies Tomatenrot war eine wunderbare Pointe für einen, der eben die Augen aufgeschlagen hatte!

Sie erkannte mich wieder und verhielt den Schritt.

»Hier ist es schön, nicht wahr … Ich habe deinen Namen vergessen, entschuldige bitte!«

»Albert. Ja, Araya ist leichter zu behalten. Aber unser beider Namen fangen mit A an – und jetzt kannst du es eigentlich nicht mehr vergessen, oder?«

»Albert?«

»Albert«, bekräftigte ich, amüsiert von der Ernsthaftigkeit, mit der sie meinen Namen ins Gedächtnis aufnahm.

»Den Namen habe ich noch nie gehört, seit ich in Deutschland bin«, stellte sie sorgsam und ein wenig kritisch, schien mir, fest; als habe man die Pflicht, sich um einen gebräuchlichen Namen zu kümmern.

»Er ist im Moment nicht sehr häufig, aber es gab berühmte Träger, die du kennen könntest: Albert Schweitzer, Albert Einstein … Never heard of?«

Sie murmelte verlegen »Natürlich«, und um mir ihr Wohlwollen zu erhalten, lobte ich ihre Tasche.

»Das ist wirklich ein wunderbares Rot. Tomatenrot? Oder Mohnrot? Zinnober? Etwas dazwischen, glaube ich. Und auch die Form, Kürbisform, aber erweitert zur Beutelform. Eine wunderbare Pointe für deine schwarze Kleidung!«

»Und du«, lachte sie und konterte meinen Lobgesang, »sitzt auf unserem Glücksstuhl. Du bist der

König dieses Rasens. Den Glücksstuhl haben wir Stipendiaten extra hier hingestellt, damit sich ein König findet, der darauf thronen kann. Aber dir scheint das Regieren langweilig geworden zu sein, denn du bist eingeschlafen!«

»Wir sind diese Regierungsform nicht so gewohnt wie ihr Thais! Seit meiner Kindheit begleitet mich jetzt schon die Geschichte von Bhumipol und Sirikit …«

»Dann müßtest du wissen, daß auch bei uns nicht der König regiert …«

»Sondern nur thront!«

Wir lachten und sahen uns ein wenig in der besonnten Gegend um. Der Sommer, der Junisommer, war so anwesend, sein blaues Firmament war so anwesend, man konnte gar nicht anders.

»Was hast du vor mit deiner schönen Tasche? Ich denke, du hast heute eine Vernissage? Darauf warte ich nämlich!«

»Darauf wartest du?« fragte sie staunend. »Aber die beginnt erst um 16 Uhr! In fast zwei Stunden!«

»Ich wollte der erste sein, um mit deiner Kunst allein sein zu können, wenigstens eine Weile«, sagte ich, und als sie ungläubig meiner Behauptung nachhorchte, fügte ich hinzu: »Du weißt doch, wir Deutschen sind gern die Ersten!«

Nun konnten wir wieder lachen. Aber ich sah, daß sie meinen Aufwand für ihre Kunst nicht unbeantwortet lassen konnte. So überraschte es mich nicht, als sie vorschlug: »Willst du schon einmal einen Blick auf die Ausstellung werfen? Sie ist ja fertig! Und«, beeilte sie sich zu sagen, »ich würde mich freuen. Es wäre eine große Ehre für mich, meine Werke als erstem einem König zu zeigen!«

Sie konnte hervorragend Deutsch, und sie konnte in dieser Sprache ironisch sein, stellte ich fest; und ich wappnete mich mit Sympathie.

Die Sympathie wurde sofort auf eine Probe gestellt, als wir ihr Studio betraten und ich ihre Bilder sah. Großflächige Bilder waren es, karge Formationen aufnehmend, und alle bedeckt von einem schimmernden Weiß, das Farben und Formen, ihr Braun und Ocker, Grau und Grün nur matt und blaß durchließ. Und erst als ich meine Blicke schweifen ließ und solche Weiß-Bilder auch noch draußen auf der Terrasse hinter der großen Scheibe entdeckte, erkannte ich das Motiv.

Es war Reif! Araya hatte den Worpsweder Winter erlebt, und nicht der Schnee hatte die Bewohnerin tropischen Klimas fasziniert, sondern diese erste Verkrustung der Erde. Die kühle Botschaft, die Aufregung und Ungeduld von dem Betrachter nimmt. Nichts war verschwunden, nichts war noch wirklich da. Es lag da! wollte es aus mir antworten, als ich wahrnahm, daß die Rechtecke auf der Scheibe aufgeklebte Dias waren, deren Bilder man im Licht, das durch die Scheibe fiel, beim Herantreten und Genauerhinsehen ausmachen konnte.

Liegende Körper sah ich in einer mir fremden Umgebung, die ein wenig an Liegehallen an der See oder an Lufthütten für Lungenkranke erinnerte.

»Was ist das?« fragte ich, von einer seltsamen, jede Sympathie verscheuchenden Bangigkeit erfaßt, ich wußte nicht wie. Und fast hatte ich Arayas Antwort geahnt.

»Das ist mein Totenprojekt«, sagte sie und erzählte davon in ihrem tadellosen Deutsch mit leicht singender Stimme und lächelnd und dringlicher lächelnd, je unheimlicher und angreifender ihre Erzählung wurde.

Sie hatte sich in die Leichenhalle eines thailändischen Krankenhauses gesetzt und den Toten alte Literatur der Zweisamkeit von Mann und Frau vorgelesen. Denn hier lagen nackt unter Tüchern zusammen, die einander, in der thailändischen Gesellschaft, nur als Ehemann und Ehefrau oder als Verwandte berühren durften.

Hier wurden sie mit Haltbarkeitsstoffen gespritzt, um bei den Tage dauernden Trauerfeierlichkeiten nicht zu schnell zu verwesen. Und in diese kalte Gemeinsamkeit voller Geruch, ja Gestank hatte Araya ihre alten Geschichten gelesen.

Ein Freund hatte Araya fotographiert, während sie vor den Toten las; eine Freundin hatte es mit der Videokamera aufgenommen. Aber beide hatten es nicht lange ausgehalten. Sie konnten kaum atmen, und flohen aus ihrem Projekt, erzählte sie lächelnd.

Araya aber las weiter. Ja, sie kam wieder und las etwas anderes. Vielleicht waren es inzwischen andere Tote, die hier so familiär und verlassen mit Wildfremden lagen und darauf warteten, daß ein menschliches Wort sie erreiche.

Araya, die mein Schweigen wohl überbrücken wollte, sagte, sie wisse nicht genau, was sie erreichen wollte, und sie wisse es bis heute nicht. Sie hatte früh die Mutter und dann auch den Vater verloren. Von der Großmutter hatte sie die Zusprüche des Buddhismus gehört und das Versprechen vernommen, daß sie einst wieder zusammen sein würden. Am Hausaltar konnte sie beten: aber es waren inzwischen so viele Fremde in der Familie, daß sie lieber zu den ganz Fremden ging und ihre Botschaft erprobte.

Sie wagte es, zu lesen und ihre Stimme erklingen zu lassen. Ganz sanft zunächst und wie ein Säuseln hatte sich ihre Stimme doch mühelos über die Toten erstreckt.

Wie ein Tuch. Wie ein lindes Lüftchen! sagte ihr jemand das süße deutsche Wort, das sie sehnsüchtig machte bei ihren Sprachstudien an der Universität. Und tatsächlich versuchte sie seitdem etwas zu schaffen, was diesem Tuch, diesem Lüftchen gleichkommen konnte, eine Aura, letztlich, die ein Zwiegespräch, einen Zusammenhang ermöglicht, wozu auch andere gern einen Beitrag leisten würden, und am liebsten die Toten, so wünschte es Araya, und ihre Stimme wurde noch lieblicher, als sie diesen Wunsch aussprach.

War es nicht so, daß die Toten nach unseren Wünschen manchmal durchaus wieder mittun sollen? Und nicht nur, wenn wir in Not sind und ihre Hilfe brauchen oder wenn unser Herz so groß ist, daß gut noch ein paar dazukommen können. Wir wandeln auf dem Rücken der Erde, und eine Gemeinschaft wäre schön, die niemanden verdrängt und vergißt.

Das waren aber Meinungen, die Araya bewußt jetzt in die Erzählung einflocht, ihr Teil des Gesprächs sozusagen.

Sie hatte jene Leichen vor und nach dem Parafin-Spritzen besucht. Sie lagen auf Pritschen oder in Wannen. Sie hatte sich zu ihnen gesellt und ihre alten Geschichten der Zweisamkeit hören lassen; und es wurde so dokumentiert, daß jetzt ihre Dias an der Scheibe klebten und hier, viele tausend Kilometer vom Ort des Geschehens mit den Toten entfernt die verlassenen Körper gegen das Licht und gegen das Reiffeld gesehen werden konnten. (»Reiffeld«, nicht »Reisfeld«!)

Bei genauem Hinsehen recht gut gesehen werden konnten. Die Umrisse der Körper, die einmal Leiber waren nach unserer Tradition. Die Seelen, nach ihrer Tradition, hatten diese Körper verlassen oder waren noch dabei, es zu tun, und waren, je nach Verdienst in einen höherrangigen oder in einen niederrangigen gewechselt oder brachen dorthin auf, um ein anderes Leben aufzunehmen und ihre Wanderung durch die Inkarnationen des Karma fortzusetzen.

Sie mochten noch nicht zu weit weg sein und das rückrufende Lesen vernehmen, hoffte Araya, hatte sie jedenfalls gehofft. Oder war sie vom Saum christlicher Lehre erreicht, die kein Weiterwandern der Seele sich ausmalt, nur ihre Heimkehr in die Ewigkeit Gottes?

Ein wenig hoffte Araya, durch ihre Aktion über die Wahrheit belehrt zu werden. Obwohl sie es zunächst als ein klassisches Projekt der Kunst begriffen hatte, als eine Expedition in ein noch nicht Vorgekommenes. Sie hatte ein Tabu gebrochen, um den beschwichtigenden Schleier traditioneller Wahrheitsverhüllung fortzuziehen und Deutlichkeit hervorzurufen.

Das heißt, Araya wußte gar nicht genau, ob sie Deutlichkeit wünschte. Ob die einander fremden Frauen und Männer in eine klare Konstellation wie Verwandte geraten sollten …

Zufällig war unter den Toten der Vater einer Freundin gewesen, und vielleicht hatte sie so überhaupt Zutritt in die Halle erlangt. Dort lag nun auch er, den sie kannte, dessen Geschichte, auch der Zweisamkeit, sie ein wenig wußte. Sie war sich nicht sicher, ob sie am liebsten ihren Vater und ihre Mutter so vor sich gehabt hätte.

Es müssen nicht alle Teile eines Tuns zusammengehören oder gar zusammenpassen, sagte sie und legte lächelnd die Hand auf den Arm des Zeugen, der die Sprache verloren zu haben schien. Die Pausen und Brüche sind im Gegenteil gut! Sie geben Zeit und Möglichkeit, sich zu finden und zu sammeln angesichts eines zu Ergänzenden. Der Mensch ist einerseits unvollständig, das Fragment einer Geschichte. Und er hat andererseits das Bedürfnis zu ergänzen. Hinzuzutun. Vielleicht auch zu besänftigen. Man rechnet es den Frauen zu; aber ist es nicht allgemeinmenschlich?

Sie fragte mich, als wir zusammen wieder in den Sommer traten, ob sie mich mitnehmen könne, sie müsse nach Worpswede reinfahren und noch einige Getränke und Gebäck für die Vernissage holen. Wir könnten ein anderes Mal, vielleicht morgen, weitersprechen.

Doch ich hatte für den nächsten Tag schon etwas anderes vor und zog jetzt erst einmal vor, doch noch an die Hamme zu gehen und dort eine Weile, am liebsten noch den lieben langen Tag, den Treidelpfad entlang zu wandern und dies und das aus meiner eigenen Geschichte zu bedenken.

Siebtes Kapitel

Ich hörte, während wir im Zug durch das sommerliche Allertal rollten, in Hanakos Worten die Geschichten wieder, die Rainer früher nach Göttingen gebracht hatte. Es war draußen alles so grün und weit, die Tiere sahen unter weißen Wolken von ihren Weiden auf oder auch nicht, und keine im Großraum war in so schöne und reine Farben gekleidet und so licht, klar, unbekümmert in ihrem Sprechen und Lachen wie die kleine Japanerin neben mir, von der Rainer gesagt hatte, sie sei nicht viel größer als ihre Schuhe.

Hier nun, ganz gelöst in ihre Liebe zum Zugfahren in Deutschland, noch Klangkörper von ihrem Bremer Singen und auch schon wieder voll Vorfreude auf ihr Kasseler Singen, war sie ein einziger quellender Schall, wenn sie von Rainer erzählte, wie er neben ihr saß und sie mit seinen ausgefallenen Redensarten quälte, die er nicht erklären wollte, mit der Begründung: daß es dafür genug andere Deutsche gäbe.

»Er sprach immer von ›Bojen und Wörtern‹ – aber muß man sich nicht nach ihnen richten können«, fragte sie und legte meiner Assoziation das Wort »Wogenpaläste« nahe, das wir eines Tages für das »See-Vokabularium« geprüft und verworfen hatten, weil Rainer es nicht neben »Glimmer« und »Schluff«;

»Kombüse« oder »Pricken« – und nicht einmal neben »Wanderdünen« bestehen lassen konnte.

Ich sah in der offenen Reisetasche, die neben mir auf dem Sitz stand, die Notizbücher und nahm das oberste heraus und hielt es bekräftigend hoch. »Lauter Wörter und Redensarten, die die anderen Deutschen dir erklären müßten, oder sagen wir: die anderen Norddeutschen!«

»Und willst du jetzt damit anfangen, Albert?« fragte Hanako listig.

»Nein, nein, ich bin auf Rainers Seite ... in diesem Fall«, fügte ich nach einem Innehalten hinzu.

»Aber warum trägst du sie dann bei dir, so daß du sie fast verloren hättest?« Hanako tippte flüchtig auf das Notizbuch in meiner Hand.

»Tja«, sagte ich.

»Du machst ein Geheimnis daraus – wie Rainer aus seinen ›Bojen und Wörtern‹!« rief Hanako fröhlich. Es klang, als schlüge sie in reiner Seeluft eine Glocke an.

»Ich wollte sie ihm eigentlich ...«, sagte ich, »ja, ich wollte sie ihm bringen; oder zeigen. Damit er mir dafür ... oder dabei ein Lieblingsbuch, das ich ihm einmal geliehen habe, zurückgeben würde. Aber dann hab ich sie ja im Studio der Stipendiatin vergessen ... und vielleicht deshalb Rainer nicht getroffen«, scherzte ich. »Jedenfalls das »Dünenbuch« nicht ergattert!«

Hanako lachte und sah mit einem, ich kann es nicht anders nennen: liebevollen Blick auf das Notizbuch in meiner Hand und hätte es wohl gern genommen und darin gelesen.

»Immerhin«, nahm ich deshalb den Faden noch einmal auf, »hab ich das ›See-Vokabularium‹ jetzt wieder … Nachdem es der Stipendiatin offenbar zu ein paar Bildern verholfen hat«, und verstaute das Notizbuch wieder in der Reisetasche.

»Wörter und Bojen also«, wiederholte Hanako geschmeidig, als sie spürte, daß ich das Notizbuch nicht aus der Hand geben wollte.

»Oder: Wörter bleiben Bojen?« schlug ich vor.

»Weiß Gott!« rief sie, wie ich zum Lachen aufgelegt. »Immer verließ Rainer sich auf die anderen Deutschen! Und wie oft meinte er Holger!«

Ein Laut der Trauer war dieser Name aus ihrem Mund, und er flüchtete durch ihre Sangeslust wie der Schatten eines Schattens, so daß ich mein Lachen hätte anhalten mögen, weil Holger tot war! Denn wie viele Geschichten hatte Rainer mir von seinem genialen Jugendfreund erzählt, all die Wunderdinge aus Leer, von seinem Sprachtalent und seiner schnellen Sachkompetenz, so daß er schließlich als dreifacher Professor zwischen Universitäten in Kalifornien, Tokio und Hamburg hin und her fliegen konnte; um doch in der sonderbaren Stadt mit einer Bierakademie, der er nicht angehörte, wohnen zu bleiben, als gälte es, Treue zu bewahren.

Und wie eindringlich hatte Hanako mir vor der Parade von Paula Modersohn-Beckers Augen-Bildern, jenen unheimlichen Löchern aus der Tradition ägyptischer Toten-Portraits, im Museum von Holgers Tod erzählt! Eines Morgens war er im Badezimmer, als er sich den vergessenen Gürtel in die Schlaufen der bereits angezogenen Hose ziehen wollte und dabei sich verdrehte, verrenkte oder auch nur verhaspelte, unglücklich stockte, aus dem Atem oder aus dem Herzschlag geraten, in ein dann lebensbedrohliches Stolpern, wer weiß das, und tot, tot von Hanako vor der Waschmaschine gefunden worden, als sie ihn suchte, weil er in ihrem Morgengeplänkel von Zimmer zu Zimmer verstummt war. So daß sie auf das Unfaßbare, geradezu hinterhältig Zugefügte seines in der Verrenkung zurückgelassenen Körpers stieß, das niemand, der den ebenso geschickten wie begabten Holger kannte, je erwartet hätte.

An einem vielleicht etwas zu breiten, aber ansonsten banalen schwarzen Gürtel und acht Schlaufen der Hose bei all seiner Wendigkeit und Findigkeit für immer gescheitert!

Hanako hatte es damals nicht fassen können; und sie konnte es heute nicht fassen. Das klang aus ihrem trauernden Namenslaut wie der Hauch einer nicht aufhörenden Nachfrage. Ausgerechnet Holger, der in Japan nicht und in der ganzen Welt nicht überrascht werden konnte – wie ging das zusammen? Kein Anderer als ich, dachte ich plötzlich, hätte sie jetzt vielleicht vernehmen können, diese Anmutung der Trauer, so fein war sie in dem einen Wort, dem Namen, und so rasch, kaum daß sie angeklungen war, auch schon vorbei. Und doch hatten wir beide,

Hanako und ich, mit einem Atemzug, dem flüchtigen Blick dieses vertrauliche Einvernehmen im Gleichklang des anhaltenden Lachens wahrgenommen!

Dann aber herrschte das froh Melodiöse erneut, der aufmunternde Nachhall jenes schallenden Singens, wie Hanako es wohl durch ihre unverdrossenen Missionare in Osaka und wie ich es noch in meiner niedersächsischen Kindheit durch lutherische Pastorenfrauen in Gottesdiensten kennengelernt hatte, als ich nichts so sehr wünschte wie Trompete spielen zu können.

So munter freilich und dem gemeinsamen, die Brust weitenden Lachen dienend die Erzählungen waren über unseren Freund Rainer, über seine indischen und libanesischen Reisen, über die halbe Lektüre seines Lieblingsbuchs »Der Weg der weißen Wolken« und sein Vorbild, den Dalai Lama, und dessen ansteckende Fröhlichkeit, über Rainers spätere Epoche der ewigen Chorproben, sein Hin und Her von Camp zu Camp und die damit zusammenhängende und uns so sympathische Zugleidenschaft – von diesem einen eingesprengten Trauerlaut her suchte sich unser Gespräch doch eine andere Bahn, und noch vor Hannover, noch ehe wir umsteigen mußten, erzählte mir Hanako die Geschichte vom Ende der Liebe zwischen Rainer und Marlene, Marlene und Rainer, wer weiß das, wie Rainer sie ihr auf einer Zugfahrt anvertraut hatte und wie Marlene sie wohl niemals zugeben würde, ja überhaupt wahrhaben könnte. Jedes Wort legte Hanako mir nahe; und wie begierig nahm ich es auf!

»Ich war immer der Anfangende, der Eröffnende«, hatte Rainer ihr gestanden, »aber das Weitermachen und das Finissieren, das war immer mein Problem!« Hanako hatte ihn treu nach dem »Finissieren« gefragt; aber natürlich hatte Rainer ihr nichts verraten und nur vom Schachspielen geschwärmt – und sie also mit den anderen Deutschen wieder allein gelassen!

Nur wenn Rainer sich das Weitermachen als Übung vornahm, als etwas, worauf er sein Augenmerk zu richten hatte, weil damit das richtige Leben zusammenhing, dann gelang es ihm, jedenfalls eine Weile, sagte Hanako und stimmte wieder unser Lachen an.

Ja, aber auf Marlene paßte er immer weniger auf. Wohl auf das Hotel, auf das Ambiente, und irgendwie zählte dazu, zu dem erfüllten Traum in und mit diesem Hotel, auch Marlene. Aber Marlene als eigene, selbstbestimmte Person verlor er aus den Augen.

»Aus seiner Übung des Weitermachens!« warf ich ein. Aber Hanako war in dem Moment in der Erinnerung versunken und schwieg.

Eines Abends Ende September, erzählte sie, es war schon Ende der Saison, und die letzten Gäste hatten früh gezahlt, waren sie an ihrem Lieblingstisch, über die rosa Decke hinweg, halb vorbei an dem Rosenstrauß, der ihr liebevolles Markenzeichen auf allen Tischen war, in Streit geraten, erst ein wenig, fast nur als Geplänkel, dann aber doch voller Erregung, weil Rainer schon in der nächsten Woche, wohl gegen Ende der Saison, aber noch nicht nach dem Ende und bei einem noch zu einem Viertel belegten Hotel, in ein dänisches Buddhistencamp reisen wollte, um seine Chorarbeit aufzunehmen.

»Mir wär's lieber, wenn du hier ein neues Frost-Lied aufnehmen würdest!« sagte Marlene in einem Ton, der sowohl die Chorarbeit als auch die lebenslange Vertonung von Robert Frost-Gedichten, Rainers wichtigste und komplementär gedachte Übungen, ein wenig zu lässig, ja abschätzig anführte. So daß Rainer, als wenig später der befreundete Physiotherapeut Adler, ein Deutscher aus Duisburg, der sich wie sie in Domburg niedergelassen hatte, anrief und sie zu einer Flasche Wein auf das Wohl seines neuen Hundes, eines ungemein freundlichen Labradors, einlud, Marlene aber schweigend abwinkte und bedeutete, daß von ihr aus dieser Umtrunk nicht sein mußte: sie am Tisch zurückließ und der Einladung allein folgte.

Es war schon Nacht, und eine Nacht voller heimatlichen Mondscheins, als Rainer zurückkam, versöhnt und gar nicht mal, weil es zwei Flaschen geworden waren, eher schon von diesem beharrlichen Scheinen des Mondes auf Domburg und das Meer – und sich wie üblich, ohne Licht zu machen, noch einmal an seinen Lieblingstisch setzte, um einen Joint oder auch nur eine Zigarette zu rauchen und dann auszuatmen. Damit den Grund wieder frei zu bekommen nach einem langen Tag.

Wie erschrak er aber, als er nach einer Weile entdeckte, daß er nicht allein am Tisch saß! Daß dort Marlene noch auf dem Platz saß, auf dem er sie zurückgelassen hatte. Nein, sitzengeblieben, einfach sitzen geblieben war sie nicht! Sie hatte das Licht gelöscht wie fast jeden Abend, und sie hatte sich auch umgezogen und trug nun ein sonderbar und, je mehr sich seine Augen, was er so liebte, an die Dunkelheit gewöhnten, ein immer stärker leuchtendes Kleid, das er, ohne daß einer von ihnen das Schweigen gebrochen hätte, als ihr »damastenes Brautkleid« erkannte. So hatten sie scherzhaft, da sie nie geheiratet hatten, eine second-hand-Erwerbung aus Scheveningen getauft, die sie vor einigen Monaten, von einem Platzregen überrascht, beim Unterstellen in einem Schaufenster entdeckt hatten. Und dieses Kleid war offenbar just an diesem Tag von einer Behandlung in einer süddeutschen Spezialreinigungsfirma zurückgeschickt worden und sollte nun vorgeführt werden.

In diesem Kleid hatte Marlene ihn also erwartet. Sie waren, noch immer ohne ein Wort, schließlich aufgestanden und zu Bett gegangen; und hatten ihr Leben noch eine Weile zusammen weitergelebt. Bis schließlich die Pachtzeit für die »Wilhelmina« um war und niemand sie verlängern wollte. Dann war Marlene nach Jever gezogen, und Rainer hatte sein fortgeschrittenes Nomadenleben von Chor zu Chor noch ausführlicher zelebriert.

»Warum Jever?« fragte ich.

Das wußte Hanako ebensowenig wie die Antwort auf die Frage, ob Marlene diese nächtliche Begegnung mit dem Brautkleid als Ende ihrer Liebe ansah. Mit Marlene war über solche Dinge nicht zu sprechen.

Und Hanako wollte das übrigens auch gar nicht; es sei denn, Marlene würde sie um Hilfe bitten.

Rainer hatte ihr von dieser »Brautnacht« erzählt, während es auf ihrer Zugfahrt dämmerte und in ihrem Abteil die Birne nur manchmal schwach aufglomm und dann eine Weile wie ein fernes Signallicht blinkte.

»Mir hat Rainer davon nichts erzählt«, scherzte ich, »aus dem einfachen Grund wohl, weil ich ihn danach, glaube ich, nicht mehr gesehen habe.«

Es war nun doch etwas Schwermütiges in unser Gespräch gekommen, so daß wir erleichtert waren, als wir in Hannover umsteigen und in einem anderen Zug eine andere Stimmung finden konnten. Dazu trug bei, daß sich eine junge Frau mit sehr blauen Augen zu uns setzte, deren Blick nicht zuließ, daß wir uns sentimentalen Mächten anvertrauten.

»Nun fahre ich mit dir fast so zusammen Zug wie mit Rainer!« betonte Hanako (und fast erwartete ich dabei eine Verbeugung im Sitzen). Die aufmunternde unbefangene Sprechweise sollte mich wieder einfangen und mir den Tag neu gewinnen.

Hanako zog sich ein wenig vor dem blauen Blick unserer Reise-Nachbarin zurück ins Polster und schloß die Augen. »Ja, ich kann mich an viele unserer Reisen erinnern. Es war immer Rainers Welt, in die ich mich ohne seine Hilfe verlieben konnte.«

Sie hielt die Augen geschlossen, so daß ich, nicht ganz so verwundert wie die blauen Augen, Hanakos Gesicht betrachtete, den feinen lächelnden Ausdruck, dem man das anmutig Freundliche so leicht ablesen konnte.

»Vielleicht war es umgekehrt ja deine Gegenwart«, sagte ich. »Oder euer Wetter, eine der Jahrhundertjahreszeiten, die wir in den letzten Jahrzehnten erleben, während doch die normalen Jahreszeiten eher zu verschwinden scheinen …«

Ich gab mir Mühe, damit Hanako ihre Augen wieder öffnete (und auch ein wenig vor dem Blick unserer Zeugin).

»Für unsere letzte gemeinsame Zugfahrt stiegen wir in Hannover in einen ganz alten Waggon mit geflickten roten Kunstledersitzen, in dem man noch die Fenster an jedem Platz herunterheben konnte, den »Veteranenwagen« nannte ihn Rainer. Der roch sehr nach Bohnerwachs und Staub …«

»Bohnerwachs UND Staub«, wiederholte ich, nicht unbedingt kritisch oder ungläubig, eher prüfend. »Oder war es alter Rauch? Der Geruch breitete sich ja in diesen alten Waggons aus und nistete überall, auch wenn es Nichtraucherwagen waren.«

»Ja, das mag merkwürdig sein«, gestand Hanako zu, »daß man beides gleichzeitig roch!«

Sie wandte sich kaum spürbar unserer Mitreisenden zu, wie um ihr die Chance zu geben, sich auch dazu zu äußern; freilich vergeblich, vielleicht, weil sie für solche Erfahrungen aus der Geschichte der deutschen Eisenbahn noch zu jung war. Oder einfach keine Lust hatte, sich einzumischen und Teil eines solchen Gesprächs zu werden.

Immerhin schien mit dieser Enthaltsamkeit unserer Zeugin für Hanako die Frage der Distanz geklärt; und sie begann, unbefangener zu sprechen und von Rainers Kleidung zu erzählen, die schon lange nicht mehr allein aus seiner Elchlederjacke bestanden habe, aber wohl immer etwas Abgetragenes hatte, nein: etwas Besonderes, das sorgfältig abgetragen war, sozusagen um ihm den Respekt der Inanspruchnahme während einer längeren Lebensspanne zu erweisen!

Das klang so sehr nach Rainer-Zitat, so sonderbar kindlich und selbstverliebt, daß auch unsere Zeugin sich eines schwachen Lächelns nicht erwehren konnte. Und das schien Hanako noch ein wenig mehr zum Erzählen zu ermuntern als die Distanz.

Sie äußerte die Ansicht, daß diese besondere Kleidung Rainers immer auf ihre Korrespondenz mit einer Gitarre zu warten schien, auf diese mit allerlei bunten Schildchen beklebten Gitarrenkästen junger Künstler und Globetrotter in den siebziger Jahren. Und seine Boots! Und auch der Gipfel seiner Langhaarfrisur!

Der sich immer zu seiner, von Rainer auch grundsätzlich geglaubten, Ähnlichkeit mit einem Wiedehopf hochschob. Aufgrund der Sprödigkeit oder Brüchigkeit der Haare vielleicht, wie man sie bei Kiffern sah. Und natürlich die Sonnenbrille, die wohl die Schatten unter den Augen, aber letztlich die Augen selbst ein wenig abschirmen sollte, ein wenig nur, denn sonderbarerweise konnte man von außen durch diese Sonnenbrille hindurchsehen zu den Augen, ja wurde geradezu dazu eingeladen.

Während dieser letzten Fahrt in dem Veteranenwagen aber brauchte Rainer offenbar keine Sonnenbrille, obwohl es ein absolut strahlender Tag war; mag sein, ein bißchen früh für den Kalender, daran erinnerte sich Hanako nicht genau. Sie waren ab Elze allein in dem Veteranenwagen, als könnten sich keine weiteren Gegenwartsmenschen entschließen, in solch einem Unikum von Waggon zu fahren.

»Gegenwartsmenschen vor dem Unikum«, wiederholte ich gutmütig. Fast waren wir in der alten unbeschwerten Stimmung zurück und Rainer ganz nah.

In einer Pause wendeten wir uns wie in stiller Vereinbarung der Frau mit den blauen Augen zu, deren Haare viel weniger blond waren als man bei diesem intensiven, geradezu leuchtenden arktischen Blau erwarten konnte, eher aschblond bis brünett. Vielleicht brauchte sie ein längeres Intervall, um ins Gespräch zu kommen, und diesen Raum wollten wir ihr geben, indem wir sie offen betrachteten.

»Rainer«, nahm Hanako zögernd das Sprechen wieder auf, »brauchte eigentlich immer mehr Menschen um sich als nur einen. Die Chöre waren seine Liebe! Wenn wir allein waren, verhielt er sich immer so, als hörte noch jemand zu – oder als sähe noch jemand zu«, sagte sie mit einem erneuten Blick zu der jungen Frau neben uns, die aber einfach die Gesprächsangebote nicht annehmen wollte.

»Dann war es ja echter Streß, als du allein mit ihm in dem Veteranenwagen durch die Landschaft kutschieren mußtest!« spottete ich.

»Nein. Das ganz und gar nicht!« wehrte Hanako mein halbes Mißverständnis ab (denn auch ich kannte Rainer nur zu gut!). Vielmehr war es letztendlich gleichgültig, ob es tatsächlich die Zeugen gab, die Mehrzahl. Rainer handelte und sprach immer so, als wären da noch andere, die alles, was er tat und was ihm geschah, was er sprach, was er sang, aufmerksam verfolgten.

Hanako erinnerte an die Vertonung der Frost-Gedichte, die er für beispielhaft nachbarschaftsfreundlich hielt, die man auf der anderen Seite des Zauns, der Straße, der Siedlung oder auch des Meeres kennen und das heißt lieben sollte! Und das wußte ich natürlich aus eigener Erfahrung.

»Vielleicht eine deutsche Nachkriegseigenschaft: die Anwesenheit einer moralischen Instanz, wie sie gute und strenge Nachbarn sind, immer mitgedacht. Und aus dem: Ihr könnt ruhig alles sehen! ist ein Muß geworden; ein Leben, das immer Zeugnis ablegen will,« murmelte ich fast, von einer seltsamen Scham erfaßt, die mich leise werden ließ.

Aber sie verstand mich – und glaubte mir. Das meinte ich dem ein wenig veränderten Ausdruck der blauen Augen anzusehen, der Augen, die mich an jemanden erinnerten und die mich vielleicht erst auf diese Idee gebracht hatten. (Der Filmheld Henry Fonda fiel mir ein, obwohl keine Frau.)

»Charmante Menschen und besonders Männer brauchen Publikum«, stellte Hanako fest, mir aus der Verlegenheit helfend. Und charmant war Rainer wieder einmal gewesen! Und zwar auf seine Wiedehopf-Weise!

Als der Zug bei den Sieben Bergen plötzlich zum Stehen kam und sie das Fenster herunterlassen konnten, schienen sich seine Haare vor Freude aufzurichten. (Wo andere in den anderen Waggons murren würden. »Murren« intonierte Hanako bezaubernd!)

Was für ein wunderbarer Tag war das! Einer der schönsten Tage ihres Lebens, behauptete Hanako. Die Sonne schien auf die Pferde, die dort mit glänzendem Fell als Braune, als Braune mit Blessen, als Schecken und Rappen und auch als Schimmel weideten, so viele waren es auf den sich hinziehenden Koppeln; sie schien auf die gelb und gold glänzenden Felder, die Hanako so liebte; auf alle Vögel unter dem Himmel, Lerchen und Krähen zumal (denn so fern waren die menschlichen Siedlungen offenbar nicht), aber auch Tauben und Finken und Drosseln. Nur nicht so viele Spatzen, wie man in Deutschland erwarten konnte! scherzte Hanako mit uns Deutschen.

Und wie ein Sinnbild der stillstehenden Gegenwart dieses schönen Tages fuhr damals ganz in ihrer Nähe ein Trecker wacker auf dem Feld, aus keinem besonderen Grund, schien es. Sie konnten nicht ausmachen, ob der Treckerfahrer jung war und nur übte; aber er säte nicht, er versprühte nicht, er pflügte oder eggte nicht, er fuhr nur. Und er tat dies gerade in der richtigen Distanz für sie, so daß sie von dem sicherlich auf diese Weise verursachten Dieselgestank nicht und von dem Geräusch des Treckerfahrens nur gedämpft erreicht wurden.

Es war ein sonderbarer, Rainer, wie er verkündete, ganz trunken machender Eindruck von einem scheinbar ohne jedes Ziel auf dem Feld bewegten Trecker, während sie hier, zum Beobachten bestellt, in ihrem Zug still standen: ein Lindwurm in der Landschaft, der verschnaufen mußte, obwohl kein Dampfzug mehr? (Also auch Lindwürmer waren Hanako bekannt!)

Erst nach einer Weile, als der Trecker längst nicht mehr zu hören war, entdeckten sie, als sie genauer hinschauten, daß er gar nicht mehr auf dem Feld, sondern schon verschwunden war, und sie und ihren überraschenden Aufenthaltsort längst verlassen hatte.

Dafür entdeckten sie nun auf dem Weg neben den Pferdekoppeln eine Reiterin, die, offensichtlich von dem seit zwanzig Minuten in der Landschaft stehenden Zug angelockt, im Sonnenschein näherritt, auf einem Braunen, dessen weiße Fesseln und Blesse im Sonnenlicht herüberleuchteten. Und auch das enganliegende gelbe T-Shirt der jungen blonden Reiterin sahen sie leuchten! Rainer und auch Hanako, sie winkten, als diese Erscheinung so voller Anmut und Lebensverheißung vorbeiritt, den Zug entlang bis zur Lokomotive und wieder zurück, wie um nun langsamer diese seltsame Anwesenheit zu kontrollieren.

Ein sonderbar hallendes, heranrollendes oder heranpolterndes Geräusch, das den Rückritt der jungen Reiterin zu begleiten und sie zu amüsieren schien, kam, fast im gleichen Tempo mit ihr näher und immer näher. Bis schließlich in der Verbindungstür zu dem Waggon vor dem Veteranenwagen, der den Schluß des Zuges bildete, eine Horde junger Männer auftauchte, in langen, viel zu schweren Kitteln und Mänteln, die Gesichter gerötet und schwitzend. Mit dumpfen Stiefeltritten hasteten sie an ihnen vorbei, nun schon zurückgeblieben hinter dem munteren Trab des Pferdes.

Ein sonderbares Beispiel von Wettkampf war das, zwischen der schönen, stolzen und anmutigen Einheit aus Reiterin und Pferd und der aus dem Rahmen des Benehmens herausplatzenden Horde, die ihr Mit-Rennen, so schien es, um keinen Preis verlieren wollte.

Vielleicht einzeln und in Ruhe gelassen ganz normale Bürger des Landes, waren sie als Horde ein bedrohlicher Haufen voll roher Aggression.

Und tatsächlich sahen sie, Rainer zuerst, der sich weit aus dem Fenster des stehenden Zuges hinter der Reiterin her beugte, daß die Horde durch die letzte Tür den Zug verließ und auf dem Schotter und den Schwellen das Rennen fortsetzte, nur zehn, zwanzig Meter hinter der Reiterin. Natürlich ein in seinem Aberwitz albernes und dreistes Unterfangen, denn die Reiterin brauchte nur zu schnalzen oder ein wenig die Fersen in die Weichen des Pferdes zu tippen – und würde schon diese tapsenden Männer weit hinter sich gelassen haben.

Wie aber diese Jagd ausging, konnten sie nicht verfolgen; denn in diesem Moment, als habe der Zugführer nur gewartet, bis er die Horde los war, setzte sich der Zug in Bewegung.

Nun freilich stoppten die Männer ihren Lauf und sahen sich unschlüssig um, die letzten versuchten auch, zum Zug zurückzurennen.

Aber es war zu spät. Und Hanako und Rainer waren wieder auf freier Strecke und bald schon in Freden und dann in Kreiensen, in Northeim und schließlich in Göttingen; und nichts geschah weiter.

Beschämend fand Rainer, daß er sich während der Aktion nicht gerührt, ja, daß er sich nicht einmal Einzelheiten der Kleidung und des Aussehens der Hordenmitglieder gemerkt hatte.

Und doch, das wollte Hanako (vielleicht in einer betonten Solidarität mit den Deutschen) zugeben: Noch bevor sie Göttingen erreichten, hatte die Erfahrung des wunderbaren Stillstands ihres Lindwurms in der Landschaft der Sieben Berge die Erinnerung an die Sensation zurückgedrängt!

Hanako war erstaunt, als Rainer sie nach einigen Tagen aufgeregt anrief, ihr eine Zeitungsnachricht über einen Skinhead-Überfall auf ein südniedersächsisches Dorf vorlas und diese Nachricht mit »ihrer« Horde in Verbindung bringen wollte, weil in der Zeitungsmeldung unter anderem auch von brutalen Mißhandlungen eines jungen Mädchens und mehrerer Pferde die Rede war.

Er wollte Hanako bitten, da er gerade in Dänemark sei, Erkundigungen einzuziehen, und versprach auch, ihr dafür den Zeitungsartikel, den sie nicht kannte, zu schicken.

Doch ein Zeitungsartikel hatte Hanako nie erreicht; und da sie längst wieder in Jever war, und also nicht viel näher an Südniedersachsen als Rainer in seinem Dänemark, hatte sie ihm bei einem erneuten Anruf vorgeschlagen, selber bei den deutschen Behörden anzurufen, sei es Polizei, Verkehrswacht, Deutsche Bahn, Krankenhaus ... Es fielen ihr, nun im Scherz, allerlei dieser Institutionen ein, nicht aus »Schadenfreude«, nein, sondern weil die Verbindung zu ihrem Erlebnis für sie äußerst unwahrscheinlich war und ihre nicht ganz leicht wiederherstellbare Erfahrung vom Glück des festlichen Stillstands vor den Sieben Bergen bedrohte.

»War das nun – frevelhaft?« fragte sie, eigentlich mehr die blauen Augen der jungen Frau als mich. Aber ich war es, der antworten mußte, das heißt: sie zu beruhigen hatte, soweit es sich verantworten ließ.

Bis Göttingen erwogen wir das Für und das Wider einer Verknüpfung der beiden Ereignisse, jenes, dessen Zeugen Rainer und Hanako geworden waren, mit diesem, vielleicht folgenden, anderen, von dem wir nichts Näheres wußten, außer daß es wohl ein Faktum der Berichterstattung und der Rechtsverfolgung geworden war.

Es gab nichts, was sich Hanako vorzuwerfen gehabt hätte (auch nicht, daß die junge Frau mit den blauen Augen bis zum Ende unserer gemeinsamen Reise standhaft blieb und schwieg). Jedenfalls nicht mehr als eine allgemeine Verantwortung für den Zustand dieses Landes.

Und doch, als ich Hanako an ihrem Zug nach Kassel verabschiedete, meinte ich eine Trauer in ihrem Gesicht auszumachen, die ich nicht auf unsern Abschied beziehen konnte. Das beschäftigte mich in den nächsten Jahren immer mal wieder mit einem schmerzhaften Ruck, bevor ich es endlich vergaß.

Achtes Kapitel

»Und nun ist bald Winter!« hörte ich vor der Tür, bevor Torge wieder auf seine ungebärdige Weise an meiner Drehklingel arbeitete, wohl weil er ihr Ratschen und Scheppern vorführen wollte.

»Du bist wirklich hartnäckig, alter Junge«, sagte ich, während ich die Tür langsam aufzog. »Oder stark in Wiederholungen.«

»Tja, mein Lieber«, antwortete er, während er sich hereinzwängte, und klopfte mir gönnerhaft auf den Arm, als sei ich nicht ein paar Jahre, sondern Jahrzehnte älter: »Früher waren Wiederholungen eine Belästigung, jetzt sind sie eine Hoffnung.«

»Du scheinst den Ehrgeiz zu haben, selber zu einer Wiederholung zu werden …«

Ich ließ ihn herein und wappnete mich mit Geduld, was er aufbieten würde, um das Besondere seiner Familie bekanntzugeben und mir das See-Vokabularium doch noch abzuluchsen.

Seine Jagd in Mittelfinnland! Seit dreißig Jahren jagte er dort im Herbst Elche. Aber nun konnte er jeden Tag da sein, auch wenn er nicht da war. Überall waren Kameras aufgestellt, an Gebäuden, Kreuzungen, Park- und Marktplätzen. Er konnte ins Internet gehen und sich einblenden. Wie es dort morgens oder abends, bei welchen Wetterverhältnissen und Wetteraussichten aussah; ob die Stelle, wo er immer parkte, leer war. So daß bei seinem letzten Besuch ein finnischer Freund ihn schon ermahnte, den Wagen lieber woanders zu parken, denn sonst wüßte man ja, daß er nicht zu Hause war! … (Die Kehrseite! betonte er.)

Er hatte das gern, diesen Kontakt mit seiner Jagdwelt, besonders wenn der erste Schnee fiel, wenn dann das Eis auf den Flüssen hielt und alles wieder neu beginnen konnte, jeden Tag wieder und mit ihm.

Und seit er mit seinem Sohn simste, fühlte er sich ganz anders geerdet, auf der Grundlage der modernen Beschleunigung, die schon morgens durch das beschwingte Sendezeichen des Deutschlandfunks zum Beispiel und die verkürzten Intervalle der Sendungen ebenso eingeübt wurde wie später überall im Tag mit dem Nordic-Walking die beschleunigte Grundbewegung des Gehens. (Auf keinen Fall ein Rentner-Gehen!)

Wir sind erst da, wenn wir schnell und nur kurz da sind, war das Credo, das er aus einer Philosophie dieser Tage zitierte, und immer wieder. Bin jetzt in der Nähe! oder Auf dem Weg! konnte er seinem Sohn von einem Augenblick auf den andern ankündigen.

Und gerade mit diesen neuen Parametern, darauf liefen seine wiederholten Mitteilungen aus der neuen Welt hinaus, mußte man sich der Erinnerungsarbeit zuwenden; das Erzählenswerte und das Bewahrenswerte, den Kanon des Besonderen neu vergegenwärtigen. Und, so führte er nun seinen Angriff, in diesem Zusammenhang kämpfe er um Rainers See-Vokabularium! Was ich wie kein anderer verstehen könne! Und geschickterweise sprach er nicht von: Müssen …

Er wollte sich der langsamen brüderlichen Lebensstrecke vergewissern, ihres Besonderen. Darüber konnten wir doch verhandeln.

»Weißt du, wen ich neulich in Kassel auf der documenta getroffen habe, das heißt, es war nicht direkt auf der documenta, sondern in einer Kirche, in die ich mich von dem Rummel zurückziehen wollte. Als ich die Tür aufmachte, wurde ich von Orgelklängen und einer schönen Singstimme angelockt, Alt. Eigentlich höre ich Sopran zu Orgel lieber, es kommt natürlich auf das Werk an, aber im Allgemeinen. Doch dieser Zweiklang Orgel und Alt hatte für mich etwas Unwiderstehliches, und so setzte ich mich hinten in die Reihe und hörte zu.

Es war so unendlich erholsam, in diesem nicht vom Kunstbetrieb behelligten Raum zu sitzen, den Blick zu Altar und Kreuz und Kirchenfenstern schweifen zu lassen und über mir, war es Bach, war es Telemann, zu hören. Ich kenne mich in der Musik nicht so aus, wer von ihnen eine so schöne Altstimme geschrieben hat. Vielleicht war es auch eine Einrichtung neueren Datums oder sogar eine Novität im Rahmen der documenta, fällt mir gerade ein! Aber jedenfalls war es schön! Unendlich schön, so daß ich bis zum Schluß dabeiblieb und noch lange danach saß und horchte.

Und dann kamen der Organist und die Sängerin die Treppe herunter. Ich hörte, wie sie scherzten und lachten, mit diesen Neck- und Gurr-Lauten, wie sie nur Verliebte fabrizieren können. Und als ich mich, nun doch und besonders neugierig geworden, nach diesem wundervollen Kunstgenuß, umdrehe, wen sehe ich da?

Das rätst du nicht!« rief er mit dem Stolz eines, der schon in seiner Studentenzeit als einziger in Göttingen einen Affen gehalten hatte.

Und da sagte ich: »Hanako!«

»Woher – weißt – du – das –?« fragte er mit einer Entgeisterung, die Old Shatterhands Gefährten immer wieder bekunden mußten.

»Mein lieber Torge! Wir wissen doch, daß Hanako in den Chören der Republik singt, sei es Berlin, sei es Hannover. Und auch, daß sie in Kassel singt, wußten wir! Ich kenne und liebe ihre Stimme: also ...«

»Naja«, sagte er, »Du konntest auf meinen Bericht reagieren. Ich mußte es nach dem Erlebnis!«

Aber er sah mich mit einem gewissen Respekt an, der mir, zugegeben, etwas schmeichelte.

Ich sagte: »Du kannst die Hefte haben.«

»Die Hefte?«

»Meine Notizbücher, das See-Vokabularium ...«

Nun sah er geradezu erschüttert auf mich. Mit der Erschütterung eines, der jahrelang an eine Tür geklopft hat, und plötzlich, nachdem all seine Sinne schon roh geworden sind und die Seele verhärtet ist, muß er damit fertig werden, daß ihm aufgetan wird und eine freundliche Stimme sagt: Kommen Sie doch bitte herein!

So kam es mir vor; aber so hatte ich es nicht geplant! Ich war selbst überrascht, sozusagen beschenkt mit der Lösung. Ich übergab ihm einfach die Notizbücher, nichts weiter!

In diesem Moment meldete sich Torges Handy mit einer SMS seines Sohnes, die er mir mit der gehörigen Verzögerung in der Nachbarschaft des schnell Getakteten mitteilen konnte. Hauke war auf Norderney und ließ ihn wissen: »Haben hier zwei Stunden in deiner Milchbar gesessen. Hinter Glas. Bei Sturm aufs Meer gesehen!«

»Toll!« sagte ich und nahm ihn beim Arm, um ihn zu dem Regal mit den Notizbüchern zu begleiten, die wieder und immer noch angestaubt hinter der »Bibliothek des Altertums« lagerten.

War es feierlich, als ich den Stapel in seine Arme hob? Ich mochte nicht in Torges Gesicht sehen, weder neugierig auf Triumph, noch auf Verblüffung. »Ok«, sagte ich, im guten Ton der siebziger Jahre. Und war doch froh, als es in diesem Augenblick mit einem kurzen gekonnten Ratscher, der gleich zu dem gewünschten Ton vordrang, an meiner Wohnungstür klingelte.

»Unverhofft kommt oft!« zitierte ich meine Mutter und öffnete die Tür, prallte aber sofort vor dem Anblick, der sich mir bot, zurück: es war Britta mit einem goldenen Haarhelm, wie ihn eine Weile alternde amerikanische Filmdiven wählten, ich weiß nicht mehr wann, schmerzhaft schaurig schön, die massiv gewordene Idee sozusagen.

»Wie siehst du denn aus!« entfuhr es mir, während ich versuchte, mich mit einem Willkommenslächeln zu schmücken.

»Du bist geblendet, gib es zu!« sagte Britta, stellte die Reisetasche ab und drehte sich mit nur wenig Selbstironie auf der Schwelle.

»Oder«, fragte sie, die Tasche wieder aufnehmend, »gehörst du zu dieser vom Aussterben bedrohten Art der Gewohnheitstiere, mein Lieber?«

Erst jetzt entdeckte sie Torge, der, die Notizbücher noch immer im Arm, im Flur stand und sie wie eine Erscheinung aus dem Serail anstarrte.

»Aha!« rief sie und nickte vielsagend zu dem von meinem Besucher gehobenen Schatz des See-Vokabulariums. »Vielmehr: Na also!« Mehr war ihr meine Vergangenheit nicht wert.

Sie stellte ihre Tasche ab und nahm ein fahlgelbes Büchlein heraus, das obenauf lag. »Hier, das hab ich dir mitgebracht, damit wir noch ein bißchen klüger werden!«

»Ach!« sagte ich, »der ›Physiologus‹ – wie bist du darauf gekommen?«

»Wie wohl! Ich habs im Antiquariat gefunden, als mir schon der Schädel qualmte ...«

»Das ist unmöglich! Dieser Schädel kann nicht qualmen! Dieser Schädel kann nicht einmal mehr nur Schädel sein. Er ist ein Kopf! Ein neuer Charakterkopf!«

Ich gab mir Mühe, dem Pathos ihrer Frisur gerecht zu werden. Aber sie hörte milde darüber hinweg und tippte nur auf den »Physiologus« in meiner Hand.

»Du wirst gern daraus vorlesen.« So daß ich aufschlagen und blättern mußte, während sie die Tasche an der Garderobe deponierte und Torge, als kennte sie ihn lange genug, am Arm streichelte.

»Sieh da«, sagte ich, »Ich hab gleich das Passende gefunden. ›Nr. 11 VON DER SCHLANGE/ Der Herr hat im Evangelium gesagt: ›Seid klug wie die Schlangen und ohne Falsch wie die Tauben.‹ Der Physiologus sagt von der Schlange, daß sie vier Eigenarten habe.

Ihre erste Eigenart ist die: Wenn sie alt wird, läßt die Kraft ihrer Augen nach, und sie sieht schlecht. Und wenn sie sich verjüngen will, lebt sie asketisch und fastet vierzig Tage und vierzig Nächte, bis ihre Haut faltig wird. Und sie sucht einen Felsen mit einer engen Spalte. Dort kriecht sie hinein und reibt ihren Leib. So wirft sie die alte Haut ab und wird wieder jung. Deutung: Auf diese Weise sollst auch du, o Mensch, wenn du das Greisenalter des Kosmos ablegen willst, durch den engen und mühsamen Weg, nämlich durch Fasten, deinen Körper zum Schwinden bringen, denn die Pforte ist eng, und der Weg ist schmal, der zum ewigen Leben führt‹.«

Ich sah vom Buch auf und bedeutsam über ihre strahlenden blauen Augen hinauf zu dem goldenen Helm.

»Bestehst du immer noch auf dem Prinzip der Analogie?«

»Worauf sonst, letztlich, Kleingläubiger?« hielt sie mir aber mit einer tapferen Gegenfrage aus dem mythischen Zeitalter stand.

»Du hast recht«, sagte ich, gutmütig, denn sie war gerade erst eingetroffen. »Für die Wissenschaft und ihr Zeitalter bedeutet Analogie nichts, aber für uns als seelische Wesen ist sie fundamental.«

»Bleibt sie fundamental – und wird fundamental bleiben, denn noch hat deine Wissenschaft ihre Wahrheiten nur zu einem Bruchteil erschlossen und nur wenige Analogien erfaßt und verstanden!«

Sie war, schon gleich zu Beginn unserer schönen Zweisamkeit, überraschend kampfeslustig.

»Schauen wir doch erst noch auf die anderen Eigenarten der Schlange, bevor wir abschließend urteilen«, schlug ich deshalb vor.

Da regte sich Torge, der bisher wie angegossen mit den Notizbüchern im Arm dabeigestanden hatte, und verkündete würdevoll: »Dann gehe ich erstmal … Wenn du mich rauslassen würdest, Albert!«

»Natürlich«, sagte ich und öffnete dem Pastor, der den Physiologus floh, mit einer Verbeugung die Tür, rief ihm dann aber noch hinterher: »Halt mich auf dem Laufenden!«